अदृश्य सत्य

वन्दना गिरधर

I0641177

GullyBaba Publishing House (P) Ltd.
2525/193, Ist Floor, Onkar Nagar-A,
Tri Nagar, Delhi-110035
Mob : 09350849407, 09312235086,
Ph : 011-27387998, 27384836 • Fax : 011-27385249

Published by :
GullyBaba Publishing House (P) Ltd.
2525/193, Ist Floor, Onkar Nagar-A,
Tri Nagar, Delhi-110035
Mob : 09350849407, 09312235086
Ph : 011-27387998 , 27384836
Fax : 011-27385249

E-mail   :   info@gullybaba.com
Website :   www.gullybaba.com

मूल्य   :   एक सौ दस रुपये
प्रथम संस्करण   :   2010
सर्वाधिकार   :   लेखिका
प्रकाशक   :   **गुल्लीबाबा पब्लिशिंग हाउस (प्रा.) लिमिटेड**
                    2525/193, ओंकार नगर–ए, त्रीनगर,
                    दिल्ली–110035
आवरण   :   जी.पी.एच. टीम

ADDRISHYA SATYA (Hindi Poetry)
by Vandana Girdhar   Price : Rs. 140.00

कविता–क्रम

दो शब्द

जीवन जीना हर कोई जानता है, मगर इतना सरल और आसान नहीं है, बहुत सी परीक्षाएँ, कसौटियों पर खरा उतरना भी उतना ही जरूरी होता है जितना जीने के लिये, हवा, पानी, खाना, पहनावा हर चीज आवश्यक होती है। समय कभी एक सा नहीं रहता, पल हर पल चेहरे बदलता रहता है, नहीं तो जीवन नीरस हो जायेगा और उसमें रस खत्म हो जायेगा। ये जीवन का सत्य है यह बात सभी जानते हैं।

कुछ सत्य जीवन के कई पहलुओं को उजागर तो करते ही हैं साथ में सच से रूबरू भी कराते हैं, लेकिन अदृश्य होते हैं। मेरी पुस्तक ''अदृश्य सत्य'' कुछ ऐसे ही पहलुओं को उजागर करती है, जो हर एक के जीवन का सत्य है मेरा, आपका, सभी का।

साधारण परिवार की साधारण सी कन्या, जो विवाह के उपरान्त अपने तजुर्बे और दूसरों की भावनाओं को समझने मात्र की कोशिश के अनुसार ही ये संस्करण लिख पायी।

''जुलाई 1971 को एक मध्यमवर्गीय परिवार में जन्म हुआ और प्रेम के समुद्र में पल-बढ़कर माता-पिता ने इस लायक बनाया। बी.ए. हिन्दी ऑनर्स दिल्ली विश्वविद्यालय से उत्तीर्ण होकर विवाह के सूत्र में बंध गयी और अपने परिवार के लिये पूर्ण रूप से समर्पित हो गयी। पता ही नहीं चला कि कैसे 17 वर्ष बीत गये, फिर कहीं जाकर अपने बारे में सोचने का समय मिला, तो समझा जिंदगी में क्या खोया क्या पाया, क्या चाहते थे क्या मिला, क्या थे क्या हो गये, वक्त के पहिए के साथ हमारा नजरिया तो बदलता गया और अपने में बदलाव हमें खुद प्रतीत हुआ। शायद इसीलिये ये सब लिखने में एक सुकून भी मिला।

संगीत में विशेष रुचि होने के फलस्वरूप गीत लेखनी में भी अपने को सक्षम करने की कोशिश जारी है। शायद एक के बाद एक प्रयास ही जीवनशैली है। किस्मत ने साथ दिया और ईश्वर का आशीर्वाद रहा तो आपको अपने गीतों से भी आनन्दित जरूर करूंगी। वो प्रयास जारी रहेगा।

आशा करती हूँ कि मेरा पहला काव्य संग्रह ''अदृश्य सत्य'' 172 कविताओं के रुप में सिर्फ एक प्रयास है, अगर आप गौर करेंगे तो सोचने पर मजबूर जरूर होंगे, इस सत्य से हम अनजान क्यों थे, जबकि यही हमारे जीवन का एक अहम्

हिस्सा है, जो छोटी–छोटी बातों में ना जाने कितने प्रश्न निकाल देता है।

मेरे आने वाले संस्करण भी रोजमर्रा के सच से परिचित होंगे, शायद आपका नजरिया भी बदल जाये। कुछ बंद दिमागों को खोलना है, जिसमें अविश्वास और अन्धविश्वास की मैली चादर की परत जमी रहती है। ''अधूरा सत्य'', ''निखरा सच'', प्यासा सच, आने वाले वो संस्करण हैं जिसमें आप अपने ही सच से रूबरू होंगे। मन ही मन मुस्कुराएँगे भी और आँखों में नमी का भी एहसास करेंगे।

आशा करती हूँ मेरा प्रथम संस्करण आप सभी को, आम जनता से लेकर सभी को बखूबी आकर्षित करेगा और मुझे आगे बढ़ने के लिये प्रोत्साहित करेगा। जिसकी मुझे परम आवश्यकता है। बहुत से तथ्यों और सत्यों को दुनिया के समक्ष लाना है। कोशिश जारी रहेगी, आपका सहयोग रहेगा तो हर प्रयास सफल होगा।

भवदीया
वन्दना गिरधर

दिनांक : 28/01/2010

1. अदृश्य सत्य

कभी जर्रों को चीखते सुना है
यही सत्य है, यही तथ्य है।
मैंने सुना है, निःशब्द शब्दों का
शोरोगुल, बेबसी, लाचारी की गुहार,
अपनो की मनुहार, बेशुमार।
यही सत्य है, यही तथ्य है,
इक फरियाद, हाँ, इक फरियाद मैंने सुनी है।
कभी जर्रों को गूंजते मैंने सुना है।
अपना प्रतिबिम्ब उसी में खोजा है,
यही सत्य है, यही तथ्य है। मैंने सुना है।
आप सभी ने शायद
कभी गौर नहीं किया होगा
ये आग हर इक के धधकती है।

2. प्रतिबिम्ब

आपका प्रतिबिम्ब आपसे क्या कहता है,
अपने आप को आडम्बर से ढका रखता है।
अपने ही आईने से अक्सर झूठ बोलता है,
मन के रहस्यों की गाँठ खोलता है।
हमारा स्वरूप हम से ही कहता है।
नेकनियति को ना ठुकराना,
किसी का दिल कभी ना दुखाना।
सत्य भी प्रकाश वहीं फैलाता है,
जहाँ मन को उजागर दिल करता है।
दिल हमेशा गलत हो, ये कौन कहता है।
माना उस पर हावी हमेशा,
दिमाग होता है, इसीलिये
तो दोनों में समानता का अभाव रहता है।

3. गुनाह

शांति में भी शोर होता है,
लेकिन उसे हमारे अलावा कोई नहीं सुनता।
मन में हजारों सपने होते हैं
सपनों का जाल कोई नहीं बुनता।।
दिमाग में हलचल होती है।
सवालों के तीर हम ही पर वार करते हैं।
जिनके उत्तर हम देना नहीं चाहते,
ये गुनाह नहीं तो और क्या है?
गलती के बाद माफी निश्चित है।
गुनाह के बाद आप ही तय कीजिये, खुद की सजा,
शायद सजा से हम डरते हैं।
इसीलिये गुनाह अपने हम छुपाते हैं।

4. जीवन

जीवन चलता है, नहीं, उसे चलाना पड़ता है,
अपना रास्ता खुद बनाना पड़ता है।
दिमाग सोचता है क्योंकि उसमें क्षमता है,
मन का तूफान तभी तो थमता है।
चिरागों को बुझाने से कुछ हासिल ना होगा,
रोशनियों की तादाद फिर भी बढ़ती रहेगी।
सुख–दुख हैं इक दूजे के हमसफर,
बिन इनके धूप–छाँव भी अपना अस्तित्व खो देगी।
इसीलिये जीवन रूपी पहियों को चलाने के लिये,
इन सब ही का साथ–साथ होना बहुत जरूरी है।

5. कल का दर्द

रूबरू जिस दिन शख्स अपने आप से होता है,
अपने मन की गंगा में अपना पाप धोता है।
भविष्य का काल उसे याद दिला ही देता है
अतीत से पीछा छुड़ाने के लिए,
मगर आज ये नामुमकिन कर देता है।
उस कल का दर्द नासूर बन चुका है,
जिसका इलाज कोई नहीं कर पाया है।
कोशिश करके देख लो,
कल को भुलाने की चाह में,
आज को वजह बना रहा है,
मगर आज से पीछा छुड़ाना,
कहाँ आसान होता है।

6. किनारा

समुंद्र से सीपियों की कर्कश का सुकून भरा कोलाहल
हिचकोले लेती डगमगाती कश्ती,
दिलासा दे रही है,
किनारा हैं यहीं–कहीं।
अनगिनत, मुसाफिर हैं इस कश्ती में,
बस तसल्ली का कारवाँ है।
माझी भी कह उठता है,
जीवन सुरक्षित हो चुका है,
फिर भी मुसाफिर क्यों मौन हैं?
पुकारो और देखो कौन है।

7. अंतर्मन

इतने गहरे पानी में ना घबराओ,
अपने ही अक्स से पहचान सकोगे, अपने अंतर्मन को,
यही सच है,
हो सके तो देखो सच को।
प्रकृति नूरानी है, मगर खोखली है,
कितने गुनाह दफन हैं,
प्रकृति गवाह इसी की है।
फूलों की सुगंध में भी मिलावट है,
फूलों को फूल होने का भी दुख है।
विडम्बना प्रकृति की है,
तभी उसके चिंह्न इल्जाम लगाते हैं
हमें संजो के रख क्यों नहीं रही।
प्रकृति शर्मिन्दा होती है
यहीं पे आकर, अपने ही द्वारा पैदा किये गये,
कुकर्मों को ध्यान में रखकर,
खुद ही पर शर्मिन्दा होती है।

8 . क्षणभंगुर संसार

दौलत कमाई और वो किस काम आई या आयेगी, नहीं पता।
उसे सजाकर लॉकर में रख तो लिया,
जिसकी खबर अपनों को भी ना दी।
भरोसा ना रखो, कल रहे ना रहे,
ये मान के चलना यहाँ पर।
वक्त बख्श्ता नहीं,
किसी को भी यहाँ पर।
क्षणभंगुर है संसार यह
पानी के बुलबुले की तरह हैं हम
अपनी पूंजी को उन हाथों के हवाले कर दो
जिनमें बरकत की उम्मीद हो तुमको।
चिन्ता को बांट कर तो देखो
अनेक रेखाएँ हैं चिन्ताओं की,
एक रेखा चिन्ता की हटाकर तो देखो।

9. स्वार्थ

नजर से नजरिया बदल तो लिया,
'तो' को अहमियत फिर भी देते हैं हम।
फर्क है दिल भी रोता तभी है,
धोखा भी जब चीखता है,
दिल ही में कहीं पे।
कुछ नहीं कर पाता दिल,
खुद ही से लड़ता है,
ना जाने क्यों,
किसी एक की खातिर।
जगती हैं ख्वाहिशें जो मन में
अंततः ख्वाहिशें सारी खाक हो जाती हैं।
अक्सर मोहब्बत को ही,
मोहरा बनाया जाता है,
इंसान के स्वार्थ की खातिर।

10. हकीकत

सच की परछाई कौन होता है–हिम्मत वाला?
झूठ का निशां कौन नहीं छोड़ता चालाक, चतुर?
पकड़ा फिर भी जाता है,
क्योंकि वह अपाहिज तुल्य होता है,
दिमाग से नहीं,
हाथों से काम जो लेता है।
वाणी को सहारा बनाता है,
आदत से जो मजबूर होता है,
हक के मतलब से अनजान होता है,
अपनी पहचान व्यर्थ ही खोता है,
हकीकत सामने आ जाने का खौफ रहता है।
थक हार कर अपने आप से ही परिचित होता है।
सत्य और झूठ में,
यही तो फर्क होता हैं।।

11. पहचान

विचारों का आदान–प्रदान मुमकिन हो जाये
तो जीना कितना सरल हो जाये।
एक दूजे पर भरोसा करना कितना आसान हो जाये।
मगर अपनी फितरत से इंसान
पीछा कैसे छुड़ाये।
एक–दूसरे की सही पहचान हो जाए,
तो कोई मर्यादायें शर्मिन्दा ना होंगी कहीं।
रहेगा हर एक का दामन पाक,
फरिश्तों की बढ़ जायेगी तादाद,
क्यों खुद को कोस रहे हैं।
उन आँखों को खोलो ही नहीं,
जिनसे नियति मिली ही नहीं।

12. सच्चाई

हमारा नसीब हम से ही क्यों रूठता है।
शायद उसको रूठने की आदत है,
तकलीफ हम खुद ही को देते हैं
शायद ये हमारी आदत है।
ठहाका लगाता है सामने वाला
तमाशबीन हम खुद बन जाते हैं।
सच्चाई की कीमत नहीं होती
क्योंकि सच बोलना,
हर एक की आदत नहीं होती।
बहुमूल्य होते हैं वो शब्द,
जो सच के धागे में पिरोये जाते हैं,
तसल्ली खुद को मिल जाती है,
शक्ति ईश्वर से माँगनी पड़ती है,
शब्दों के बाणों की आदत जो डालनी पड़ती है।

13. आईना

शीशा, आईना, दर्पण हमारे ही प्रतिबिम्ब हैं,
इन्हीं में खुद की पहचान को ढूँढ़ते हैं।
जब आईना हमारे सवालों के जवाब देता है,
तो उसी पे भड़क उठते हैं,
खुद को खूबसूरत लगे तो आईने को मुस्कराते हुए खुद को
निहारते हैं।
आईना जब नकारात्मक तस्वीर रखता है,
तो पत्थरों से उसका आगमन करते हैं,
क्योंकि हम खुद ही डर जाते हैं।

14. मंजिल

ना जाने कितने मोड़ आये,
कभी जरूरत ही नहीं पड़ी,
कि समय गुजारते उसे गिनने में।
ऐसे फँसे रिश्तों की साजिशों में
कि खुद ही भूल गये हम भी हैं इसी दुनिया में।
जाग तो गये गहरी नींद से,
हम ढूँढ़ लेते हैं
अपना भी अस्तित्व यहीं पर।
देर ही से सही,
मंजिल को पाकर रहेंगे हम भी यहीं पर।

15. हसरत

समझना कुछ मुश्किल है,
कहीं कुछ घट रहा है
यह भी समझ नहीं पा रहा है दिल,
ये तय करना मुश्किल है, सब कुछ नहीं मिलता धरती पर,
तभी तो आसमां की तलब है।
चाँद बनने की हसरत में
सितारों के भी लायक नहीं रहे हम।
माँग रहे हैं वो जो मुकद्दर में है ही नहीं।
दुआओं की दवा का असर होता है,
बस इसी सत्य को देखना चाहते हैं हम।।

16. फरियाद

बरसात भी तभी बरसती है,
जब उसको भी वजह मिलती है।
उसका संबंध आसमां और खुदा दोनों से सीधा है।
उसकी फरियाद आसमां से लेकर खुदा ही सुनता है,
तभी दुनिया को उसके फरियाद का इंतजार होता है,
तभी वो जमकर बरसती है,
ताकि सारी दुनिया खुश हो जाये।
यहाँ तक कि बेजुबान कुदरत भी दुनिया के साथ होती है।।

17. नजर

गिरकर ही इंसान उठता है।
जमीं पर गिरना और उठना आसान है।
लेकिन नजरों से गिरकर,
उठने की कोई नियति नहीं बनी।
आईने के सामने,
एक बार अपने आपको,
परखोगे तो जमीं और नज़र का अंतर,
अपने आप समझ आ जायेगा।
अंतर को समझने के बाद,
शायद आप अपनी कमियों से वाकिफ हो सकेंगे।।

18. आचरण

एक तराशा हुआ जीवन,
सार्थक भी होता है और सफल भी।
बस नज़रिये का फर्क है,
समझो तो बहुत कुछ,
ना समझो तो कुछ भी नहीं।
सुख–दुख, धूप–छाँव तो कुदरत की देन हैं,
जिनका हमारे जीवन में असर,
होता भी है और दिखता भी है।
एक व्यक्ति का आचरण ही,
उसके संस्कारों की गवाही देता है।
सक्षम और सार्थक होने की,
पहचान दिलाता है।

19. संस्कार

जीवन क्या है, दस्तूर निभाने हैं,
रस्में निभानी पड़ती हैं,
उसूलों पर चलना हमारा कर्म है,
सत्कार करना हमारा धर्म है,
सीमित दायरे हैं, निभाने कठिन है।
कशमकश से भरा हर लम्हा है,
जीवन सिर्फ एक मशीन है
जिसे सुचारु रूप से चलाना पड़ता हैं
जिसमें संस्कारों को निभाने की,
बार–बार उधेड़बुन करनी होती है।

20. संतुष्टि

आशा हम से ही है,
आवाम का ये अंदाजा है,
कयामत कब तक ना आयेगी,
कसक कयामत तक रहेगी।
दिल के रास्ते में जो बिछी चादर है,
उस चादर को बिना खरोंच के,
समेटना अभी बाकी है।
क्या ये मुमकिन है,
बिल्कुल तभी, जब हवाओं के झोंकों को साथ लेना जरूरी है,
एक सादगी भरी तसल्ली,
जो हमारे संग–संग रहती है,
तभी वो हमारी सन्तुष्टि का कारण बनती है।

21. दिल

दिल रोता है,
क्योंकि उसे डर लग रहा है।
मैं एक दिल की बात नहीं कर रही,
बल्कि हजारों दिलों की बात कर रही हूँ,
क्योंकि उसकी तुलना मैं फूल से जो कर रही हूँ,
जो दिल जैसा ही प्रतीत होता है।
ज़रा से कठोर हाथों ने फूलों को पकड़ा नहीं,
कि वो पत्ती–पत्ती होकर बिखर जाता है,
फिर वह अपने असली रूप में नहीं आता है।
इसी तरह जब धोखे और बेवफाई की चोट,
दिल तक पहुंचती है,
तो वो जिस्म सिर्फ एक लाश ही कहलाता है।

22. इंतजार

सावन का इंतजार तो हर नजर करती है,
ना जाने क्यों,
शायद किसी ना किसी को,
किसी ना किसी का इंतजार होता है।
कहना मुश्किल है, रिश्तों का मायाजाल है,
जो जड़ों की तरह फैला है।
कौन किसे किस नजर से देखता है,
कुछ नहीं कहा जा सकता है।
यहाँ तो कंलकित सीता भी हुई हैं,
हमारा नारीत्त्व तो लुप्त होते–होते बच रहा है।

23. गुनाह

आशा निराशा, दुःख–सुख,
धूप–छाँव, स्वर्ग–नर्क
ये सब सुनने में कैसे लगते है?
सच कहूँ तो डरते हैं,
हम इन सबके परिणामों से,
अपने ही करमों पे आकर,
अचानक सोच रुक जाती है,
तो चेहरे के हाव–भाव सब शिथिल पड़ जाते हैं।
गुनाह गलती को जीवित कर देते हैं।
यही सोच–सोच कर जब हमारी सोच आगे बढ़ती हैं,
तो खुद ही को धिक्कारता है हर शख्स,
क्यों, कैसे, कब, कहाँ,
जाने–अनजाने क्यों हुए हमसे गुनाह?

24. जन्नत

जन्नत देखने की चाहत हर एक को होती है।
जानता ही नहीं इन्सा,
जन्नत उसी के पास होती है,
यह भी हो सकता है, वह जताना नहीं चाहता,
क्योंकि वो जताने की चीज़ ही नहीं है,
जताना भी हालांकि नामुमकिन ही होता है।
अनजाना है, ये सब उसी के पास होता है।
जन्नत जहन्नुम का साया हमारे साथ ही है।
जीने की कला, हर किसी को आती कहाँ है,
सभी कुछ तो उसी कला में ही समाहित है।
बदनसीबी ही तो है,
जन्नत किसी को भी नजर आती नहीं है।।

25. चरित्र

चेहरा कई रूप बदलता है,
सजा सँवरा आकर्षक चेहरा,
कुछ देर के लिये लुभाता है,
पर सीरत का आकर्षण कायल कर देता है।
ये एक प्राकृतिक रूप है और सच भी है।
चरित्र का मेकअप ही सबसे बड़ी शान है,
संवारो जीवन, निखारो व्यक्तित्व।
त्यागो मोह, सारा जग तोहमतो का भण्डार है।
हो सके तो निकल जाओ बचके,
इस बनावाटी संसार से।

26. व्यक्तित्व

अनजान लोगों में कोई-कोई अपना क्यों लगता है?
क्यूं चाहता है हमारा दिल,
कि हम रहें उसी संग कुछ पल।
कुछ रिश्ते जन्म लेते हैं
गर निभ जाये तों,
शुक्रिया भी करते हैं हम खुदा का, अगर नहीं निभते,
तो हमारे नसीब में थे ही नहीं।
व्यक्तित्व ऐसा रखो,
जिसे कोई दबोचे नहीं,
सीरत ऐसी रखो,
फायदा कोई उठा सके नहीं।
दिल से दुआ करो,
खोट इस दिल में कभी आये नहीं।

27. दस्तूर

अंजुमन सजाने का मौका चाहिए।
वजह मिले ना मिले,
बस दिखावा चाहिए।
ये दस्तूर है जीवन का,
उसका परिणाम हमें दिखता है,
इंतजार करने का भी तो बहाना चाहिए।
कुछ लम्हों को संजोकर रखते हैं,
हम अपने आँचल में।
कुछ वजह शायद हमें भी मिल जाये,
अंजुमन सजाने को,
बेवजह तो इस नश्वर संसार में,
कुछ भी सार्थक कहाँ होता है।

28. दिशाएं

दिशाओं को भी भयभीत होते मैंने देखा है,
यकीन कीजिए, इसमें झूठ रत्ती भर भी नहीं,
सहमा–सहमा जब इंसान,
इंसान के डर से ही,
दिशा का सहारा लेता है,
उसी दिशा का कोण, उसके सुख–दुःख का सहारा बनता है।
ये मैंने अनुभव किया है,
क्रोध को शांत करने के लिये,
कई बार दिशाओं पर प्रहार मैंने किया है,
दिशायें हमें सहारा देती है,
हमें सफलताओं की मंजिल पर ले जाती हैं,
आप पूर्ण विश्वास के साथ यकीन मानिये।

29. वक्त

कभी–कभी क्यों लगता है,
वक्त रुक–सा गया है,
क्योंकि ये हम अनुभव करते हैं,
लेकिन वक्त की रफ्तार बेलगाम होती है,
ये भी सभी को पता है।
सब कुछ आस–पास ही घटित होता है।
फिर भी चारों ओर सन्नाटा छाया रहता है,
तब किसी कंधे का स्पर्श बहुत जरूरी होता हैं,
जिंदगी को परछायी के हवाले करना,
एक समय बहुत जरूरी हो जाता है।

30. स्वर्ग-नरक

मौत के बाद का स्वर्ग-नरक सब मिथ्या है,

स्वर्ग भी आप ही के पास है,

और नरक भी आप ही के पास है,

अंतर सिर्फ इतना है,

स्वर्ग को नजर न लग जाये,

इसीलिये वो उजागर नहीं हो पाता।

इंसान के अंदर करोड़ों दुविधायें जन्म लेती हैं।

दिमाग का पहिया जाने किधर घुम जाये,

शायद इंसान को भी नहीं पता होता।

ये हम पर ही तो निर्भर करता है,

हम अपने जीवन में क्या देखाना चाहते हैं,

स्वर्ग या नरक।

31. दिल

दिल की हमेशा सुनो,
यह एक परम सत्य है,
पर दिल को कशमकश की कसौटी में मत झोकों,
यह भी सत्य है,
दिल हर बार गलत नहीं होता,
यह मेरा दिल कहता है।
दिल की आह में ही,
मुस्कुराने का आईना छुपा होता है,
दिल जब सुन्न अवस्था में होता है,
तब भी बहुत कुछ सहन करने की क्षमता रखता है।
दिल में ही बैठा एक शख्स होता है,
जो संकेतों का आदान–प्रदान करता है।

32. कुदरत

नियमों को बदलो,
अपनी क्षमता को पहचानो।
वक्त रहते हर चीज बदल सकती है,
फिर कुदरत के नियम क्यों नहीं?
क्योंकि उस पर,
आज तक कोई चला ही नहीं।
फितरत हर इक की पहचान होती है।
कुछ लोग अकेले रहकर भी इतिहास रच जाते हैं,
और कुछ अपनों से भी दुत्कार दिये जाते हैं,
क्योंकि नियमों को उत्पीड़ित करना,
और उनका उल्लंघन करना,
ये कुदरत के नियम के खिलाफ है।

33. शुभचिंतक

जब खुशी नहीं रुकती मन में,
पाँव जमीं पर नहीं टिकते,
उन्हीं दिनों में, चेहरे का नूर बयाँ कर देता है सारी कहानी,
कोई हर्ज नहीं, बाँटो,
बाँटने से कुछ घटना नहीं,
मगर उन दुःखों को भी महसूस करो,
जो दूसरों को महसूस होता है।
सच्चा साथी और शुभचिंतक
तो वहीं कहलाता है,
जब वो खुशी के साथ–साथ दुःखों को भी,
उसके संग झेलता है।

34. संतुष्टि

रस्मों को निभाने के लिए सोचोगे,
तो दूर तक कोई किनारा नहीं।
हर एक रस्म का दायरा,
कुदरत ने निश्चित किया हुआ है।
सबसे बढ़कर सत्य है संतुष्टि
सबसे पहले अपने आपको संतुष्ट करो।
अपनी सतुंष्टि को साकार करोगे,
तभी उसूलों और नियमों का सच समझोगे।
अगर आप उन नियमों और रस्मों पर खरे उतरेंगे,
तभी दूसरों को आप सही दिशा बता पायेंगे।

35. हाय

शीशे का टूटना अपशकुन माना गया है,
आखिर क्यों?
जब दिल टूटता है,
उसकी चोट मौन होती है।
तो उसे आप क्या कहेंगे,
कभी नहीं सोचा किसी ने,
इस टूटे हुए दिल से निकली हुई 'हाय,'
जब असर करती है,
तब अपशकुनों की बारिश
होती है, ना जाने किन–किन रूपों में,
क्या उससे किसी को डर नहीं लगता?
' गंभीरतापूर्वक सोचियेगा'

36. श्रृंगार

सादगी जीवन का सार है,
सच्चरित्रता मानव का श्रृंगार है।
यह आप ही पर निर्भर करता है,
किसे, कैसे, कब और कहाँ,
अपनाया जाये।
भाषा से आपके विचारों का पता चलता हैं,
विचार उज्जवल हैं,
तो सादगी आपके रूप में पहले ही झलकेगी,
और चरित्र अच्छा है
तो समझिए वाणी और सादगी का संगम है।

37. सन्नाटा

सन्नाटा भी शोर करता है,
कभी किसी ने भाँपा नहीं,
सूखे हुए पत्तों का टकराना,
तरगों और लहरों का,
किनारों पर आकर,
हमसे मिलकर मुड़ जाना,
एक अजीब सी विस्तारहीन आवाज़ को भाँति है,
और एक विस्तारहीन–सा सुकून भर देती है,
हमारे दिलो दिमाग में।
ये सब सन्नाटे के प्रतीक हैं।

38. परिस्थितिया

सृष्टि गवाह है,
इसी दुनिया में मनुष्य को साधू,
और साधू को शैतान बनते देखा है।
वजह–परिस्थितियाँ होती हैं।
हर एक इंसान या तो देवता है या शैतान है,
पहचानना मुश्किल है,
किसके अंदर क्या पनप रहा है,
ईश्वर को भी जताने में,
थोड़ी देर तो लगती ही है छोटी सी बात है,
ऊपर से दिखने वाली,
हर पीली चीज़ सोना नहीं होती।

39. इम्तिहान

ना जाने जिंदगी क्यों इम्तिहान लेती है,
ईश्वर को भी कहाँ तरस आता है,
और वो लगातार हमारी परीक्षा लेता है।
हम थक जाते हैं, हार जाते हैं,
लेकिन वो ऊपर वाला इतना तपाता है,
कि मनुष्य अपने ही जीवन को
बोझ समझ बैठता है
बुरा वक्त सही बात को भी गलत साबित कर देता है।
अपने मन को समझाने के अलावा,
कोई चारा भी नहीं रहता उसके पास,
इस तरह के मनुष्यों में से,
'मैं' भी एक हूँ।

40. कोशिश

मैं बड़ी—बड़ी बातें करना,
ना तो जानती हूँ,
ना ही समझ सकती हूँ,
पर इतना जरूर कहूँगी—
''बुरा मत देखो'',
''बुरा मत बोलो'',
''बुरा मत सुनो''।
इसे आम जीवन में अपनाने वाला,
या तो पागल कहलाता है या ढोंगी कहलाता है।
लेकिन है सत्य,
इसे कोई नहीं बदल सकता।
इस सत्य पर चलना कठिन अवश्य है,
पर नामुमकिन नहीं।
कोशिश तो की ही जा सकती है दोस्त।

41. इलाज

कुदरत भी अपनी भावनाएँ बयां करती है।
सिर्फ वे आँखें चाहिए,
जो देख सकें,
वह दिल चाहिए,
जिसमें हलचल मच सके
सोच के दायरे से निकलोगे,
तो दर्द का एहसास होगा,
और इलाज भी जरूर कोई ना कोई होगा,
जिसका दर्द आपने सिर्फ कुदरत से बाँटा होगा,
आँसुओं को दिखाकर।
सिर्फ वही तो आपके आँसू समझ सकती है,
उनके आगे रोने का क्या फायदा,
जिन्होंने हमेशा दुःख दिया है।

42. यादें

यादों की गिरफ्त से निकलना नामुमकिन हैं,
क्योंकि वो इंसान में,
हमेशा जिंदा रहती है,
चाहे वो खुशियों से भरी हो,
या भयभीत करने वाली हो,
वो कभी नहीं मरती,
क्योंकि उसे कोई मारना नहीं चाहता,
जीने के लिए वजह का होना बहुत जरूरी है,
वजह भी आप ही बना सकते हैं,
और उसका हल भी सब आप ही पर निर्भर करता है।

43. अकेलापन

अकेलेपन से डर लगता है,
क्योंकि अब वो श्राप सा लगता है,
ना जाने क्यूं अपने ही साये से,
डर लगने लगता है,
जिसका अंत निर्धारित करना,
ईश्वर भूल सा गया है।
ये मेरा दिल कहता है,
ऐसा क्यूं महसूस होता है।
मैं बोझ हूँ क्या इस धरती पर,
या जीने का मन अब नहीं करता है।
कभी–कभी इंसान खुद ही,
अपने सवालों में उलझ सा जाता है।

44. दुआ

अक्सर कहा जाता है,
दुआओं में असर होता है,
इंसान कितना स्वार्थी होता है,
कि दुआओं के लालच में,
वक्त उसे क्या से क्या बना देता है,
मगर दिल में जब खोट न हो,
तभी दुआओं का असर भी होता है।
हो सके तो बिन स्वार्थ के, किसी के काम आओं,
और दुआओं का खजाना साथ ले जाओ,
जिस पर कोई मूल्य नहीं लगता है।

45. खामोशी

कौन कहता है खामोशी नहीं बोलती।
खुशी का ऐलान हवा का झोंका करता है,
पानी भी जब मस्ती पर उतरता है,
तो रह–रह कर अठखेलियाँ करता है।
कुदरत का अद्भुत ही नजारा होता है।
नजरें उठाना और उठाकर गिराना,
खामोशी इससे ज्यादा सबूत माँगती ही कहाँ है,
पलकों की नमी भी यही बयां करती है
और अपने आप से ही,
सवाल और जवाब करती है।

46. अहंकार

अहंकार एक ऐसी आग है,
जिसकी लपटें हर वातावरण को भस्म कर देती है।
खोखला अहंकार, खोखला इंसान मात्र मुट्ठी भर राख के तुल्य है,
ना जाने क्यों अकड़ता है फिर भी।
''मैं'' की आग जब चारों ओर फैलने लगती है,
तब ''अहम्'' बनकर उसी को झुलसाने लगती है,
क्योंकि वो खुद ही नहीं जानता,
कि वो क्यों और किसलिये, किस कारण से ''अहम्'' में है।

47. खोट

खोट हर दिल में होता है,
कोई माने या ना माने,
छुपा होता है स्वार्थ हर दिल में,
वजह कोई भी हो।
बंजर है हर दिल,
अंदर ही अंदर कहीं।
जिज्ञासा जब जुनून में बदलने लगती है,
तो खोट का आना स्वाभाविक है,
ये आप सभी को पता है,
क्योंकि ये सच,
किसी से छुपा ही नहीं है।

48. तस्वीर

अपने ही ऊपर हैरानी होती है,
हम बदल गये या वक्त ने बदल दिया,
इसी सोच में दिमाग थका रहता है।
बदल लिया खुद को,
इसीलिये अपनी तस्वीर को,
पहचानने से भी इंकार कर देते हैं।
बहुत इम्तहां देने बाकी है,
ना जाने किस–किस रूप में निभाने बाकी हैं।
हर किरदार में फिर भी हम,
कहीं ना कहीं चूक ही जाते हैं,
तभी तो अपने लिए,
हम वक्त नहीं निकाल पाते हैं।

49. परमात्मा

परमात्मा की परिभाषा क्या है,
मेरी समझ में तो आज तक नहीं आया है।
पल में देता है,
पलक झपकते ही छीन भी लेता है।
क्या ये जरूरी है,
ये सवाल कई बार उठता है,
पर ईश्वर के आगे,
इंसान लाचार ही रहता है।
शायद वो भी हमारी तरह अधूरा है,
उसे भी अच्छे और नेक दिल इंसानों की जरूरत पड़ती है,
शायद मैं अभी ईश्वर को पसंद नहीं आई,
लेकिन हर चीज़ मुझसे ही क्यों छीनता है।
अजीब माया का मालिक है,
तभी तो सबका मालिक एक है।

50. आंसू

आँसू जब बहते हैं,
तो संयम अपने आप दिल में स्थिर होता है।
दिल को हल्का करता है,
और आगे बढ़ने के लिये,
प्रोत्साहित भी करता है,
और पीछे जो हुआ उसे भूल जाओ,
आगे बढ़ो, ये भी जताता है,
मगर सहारा आँसुओं का ही लेता है।
आँसुओं के न जाने,
कितने प्रकार हैं शायद,
किसी को पता हीं नहीं,
यहाँ तक कि इंसान कि वजह से रोता है,
उसे भी पता नहीं होता,
क्योंकि बिन बुलाये, मेहमान जो है ये आँसू।

51. नियम

नियम जीवन में जरूरी है,
बिना नियम के इंसान,
अपनी पहचान खो देता है,
वो कहता कुछ है, करता कुछ है,
और होता कुछ और ही है,
जिसकी उसको रत्ती भर भी भनक नहीं होतीं,
तथ्य यही है, जिसका अपना कोई नियम नहीं,
वो अपनी परिभाषा भी नहीं दे सकता,
अपने नाम का मान भी नहीं रख सकता,
ये मेरा सोचना है।

52. प्रहार

हो सके तो जीभ को,

मात्र स्वाद के लिये खोलो,

कभी–कभी वो बिना वेग के,

हवा से भी तेज चलती है,

और उस तेजी में,

ना जाने कितने भावात्मक दिलों पर,

प्रहार होते है, कटाक्ष के रूप में,

ये शायद बोलने वाले को नहीं पता होता।

बोलना बुरा नहीं है,

अगर वो सोच–समझकर,

और दूसरों को बिन दुख पहुंचाये,

बोला जा रहा हो।

53. आचरण

आचरण इंसान की पहचान होता है।
जो उसे ख्याति प्रदान करता है।
उसके बैठने–उठने,
खाने–पीने और कई प्रकार के हाव–भाव से,
उसके व्यवहार और नियति का पता चलता है।
आचरण पर जरूर गौर करें।
कभी–कभी आँखों देखा,
और कानों सुना भी गलत होता है,
यही दृष्टिकोण बहुत से फैसले करता है,
क्योंकि उसका इंसाफ दोनों ओर से होता है।

54. जिंदगी

जिंदगी अपने आप को,
करीब से देखने का मौका देती है,
अपने गुणों को बांटने का,
आह्वान करती है,
वहीं दूसरी ओर अपने आप को मुश्किलों में से,
आसानी से निकलने का रास्ता भी बताती है।
देखने में वो स्थिर और सत्य लगती है,
समझने में बिल्कुल विपरीत।
सत्य को भांपना आसान है और नहीं भी,
और अपनाना सबसे मुश्किल है,
क्योंकि ना तो ये देखा जाता है,
और ना ही सुना जाता है।

55. नियति

अपने कदमों को सोचकर उठाना।
दिल से नहीं दिमाग से काम लेना,
दिल तो बावला है,
दिमाग सलाहाकार की हैशियत रखता है।
कौन किससे और कैसे जीतता है,
ये भी एक प्रकार की रणनीति है और राजनीति भी।
नियति को पहचानो,
बंद दिमाग के दरवाजों को खोलो।
दिमाग और दिल में मची है जंग,
हो सके तो पहचानो,
और किसका कहाँ इस्तेमाल करना है,
ये आप तय करें।

56. प्रकाश

प्रकाश से सवेरा निकलता है,
निखरकर वो नयी उमंग भी भरता है,
फिर क्यों उसे बुझा दिया जाता है,
क्योंकि उसी प्रकाश में,
ऐसे दिल की रोशनी की आस होती है,
जो हमें अपने आप से रूबरू कराती है,
हमें सन्मार्ग की ओर,
आहिस्ते–आहिस्ते ले जाती है।
मगर फिर भी नहीं मिलता हमें,
अपने ही साये का प्रतिरूप,
और अपने ही दिल का आईना,
काश, ये मुमकिन हो सकता।

57. इंतजार

इंतजार जीवन का दूजा नाम है,
यह हर इंसान की जिंदगी से जुड़ा है।
एक दुआ कबूल हो जाये,
बस उसी का इंतजार है।
जब तक दुआ कबूल होगी,
तब तक शायद जिंदगी ही ना रहेगी,
और अगर जिंदगी रहेगी भी,
तो उसे सम्पूर्ण रूप से पाने का,
इंतजार फिर भी रहेगा,
इंतजार भी क्या अद्भुत चीज है,
इसके बिना जीवन का अस्तित्व,
क्या खत्म नहीं हो जायेगा।

58. अंतहीन प्यार

आकाश का सूनापन,
उसका दर्द, उसकी गड़गड़ाहट का क्या मतलब है,
वो अपनी इच्छाएँ आप से बाँटना चाहता है।
जबकि वो जानता है,
रात को उससे मिलने सितारे आते हैं,
और चाँद उसका पुराना प्यार कहलाता है।
कभी नहीं खत्म होगा उसका अंतहीन प्यार,
जिसका गवाह पूरा संसार है,
और अपने प्रेम के सबूत भी प्रेमी इन्हीं में ढूंढ़ते हैं।
इसे कहते है, अंतहीन प्यार, सच्चा प्यार।

59. शुक्रिया

दुआ करके अगर कुछ माँगों,
और वो मिल जाये, तो परमात्मा का शुक्रिया बार–बार करना चाहिये,
और अगर बिन माँगे कुछ मिल जाये,
तो शुक्रिया कैसे करना है,
उसका वर्णन मेरे लिये तो अवर्णनीय है।
शायद हम यहीं पर शब्दहीन हो जाते हैं,
और अपनी खुशी को चुप रहकर,
खुद ही स्वीकारते हैं।

60. सोच

सोच का दायरा सीमित है,
और आवश्यक भी है।
अगर वो दायरे से बाहर जायेगा,
तो कई सवाल पैदा करेगा।
दिमाग इस्तेमाल करना अच्छी बात है,
यह सवालों का जवाब देने में सक्षम है।
मगर दिमाग का दुरुपयोग करना बिल्कुल गलत,
और नियति के विरुद्ध है।
क्योंकि सोच पहले जन्म लेती है,
फिर दिमाग में आती है,
इसीलिये निर्णय लेने में,
कभी भी जल्दबाजी ना करें।

61. सम्पूर्णता

आपने कभी अपने आप से सवाल किये है,
कि मैं सम्पूर्ण हूँ।
नहीं कर सकते,
कोई भी व्यक्ति सम्पूर्ण नहीं होता।
अधूरेपन से सबका वास्ता है।
आप अपनी प्रशंसा सुनकर फूले नहीं समाते,
तो आलोचना सुनकर भड़कते क्यों हैं।
बहुत मुश्किल है, यहाँ तक कि मेरे लिये भी।
लेकिन सम्पूर्णता के आगे,
हमेशा प्रश्नचिन्ह लगा रहेगा,
क्योंकि सृष्टि प्रकृति, कुदरत अंतहीन है,
तो सम्पूर्ण होने का प्रश्न ही नहीं उठता।

62. सहनशीलता

मौत निश्चित है,
सबको जाना है।
जीते जी अगर कुछ सोचा हो तो पूरा कर लो,
बशर्ते वो आपकी तकदीर के दायरे में हो।
कर्म करना अच्छा है, संयम जरूरी है।
सहनशीलता इसी की धरोहर है,
उसे बरकरार रखनें में ही समझदारी है।
इससे जीवन सँवरता है,
उसी में कड़ी परीक्षा होती है,
यहीं पर आकर इंसान हार जाता है,
तभी ईश्वर की कसौटी पर,
जो खरा उतरता है वहीं जीत जाता है।

63. चुप्पी

चुप रहने से अगर समस्यायें सुलझतीं,

तो गुनाह, जुर्म इस दुनिया में ना के बराबर होते,

शायद होते ही नहीं,

मगर नहीं, अगर चुप जीवन में सुधार का कार्य कर रहा है,

तो चुप्पी सही है,

और अगर काम बिगड़ रहा है,

तो आप तमाशबीन हैं।

अक्सर ऐसा होता है,

इतिहास गवाह है, दर्द अपनों से मिलता है,

घर का भेदी ही लंका ढाता है।

लेकिन जब अपने ही,

हमारी बात सुनने से इंकार कर दें,

तो चुप रहने के अलावा कोई चारा भी तो नहीं।

एक बात गाँठ बाँध लें,

बोलना चाँदी है,

तो चुप रहना सोना है।

64. अधूरापन

उड़ने का मन किसका नहीं होता,
मगर उड़ नहीं पाता,
बहुत सी तमन्नायें,
अधूरी ही रह जाती हैं
पूरी हो ही नहीं पातीं,
और कुछ पूरी होते–होते रह जाती हैं,
कुछ सामने होती हैं,
फिर भी हम उसे पूरा करने में असमर्थ रहते हैं,
क्योंकि हमारे संस्कार इसकी गवाही नहीं देते।
अधूरापन जीवन का एक अहम् हिस्सा है।

65. जीत

क्या आपको मालूम है
झूठ के पाँव नहीं होते,
हर झूठ में एक सच छुपा होता है,
तभी तो वो झूठ बोलता है,
और सच की महत्ता को और भी बढ़ा देता है,
मगर ये उसका ही दिल जानता है।
एक सच, जो झूठ की महत्ता को बढ़ा देता है,
एक नहीं, सौ गुणा ज्यादा,
तो सोचिये कि वो सच,
कितना सच्चा और पावन होगा,
जिसके लिये उसे प्रताड़ित किया जाता है।
लेकिन अंत में जीतता वहीं है–सिर्फ सच।

66. दायरा

दायरों में रहना आपकी महानता है,
इस हेतु आपको संकल्पबद्ध होना चाहिए।
मगर दायरा अगर घुटन बन रहा हो,
तो किसी का सहारा लेने में कोई हर्ज़ नहीं।
दायरा सीमित तब भी रहेगा,
मगर जीने का अंदाज बदल जायेगा,
हो सकता है ये अंदाज,
आपके किसी प्रियजन को ना भाये।
मेरी सोच में तो,
ऊपर वाले का साथ बहुत जरूरी है।

67. तोहफा

दर्द अपनों से मिलता है,
यह सभी जानते हैं।
सोने को लोहे से पीटने पर
मद्धिम आवाज आती है,
वहीं लोहे को लोहे से पीटने पर
तेज आवाज आती है,
क्योंकि लोहे को अपनों की मार पड़ती है।
यही एक ऐसा तोहफा है,
जो हमें भिन्न–भिन्न रूपों में,
अकस्मात कहीं भी किसी भी रूप में,
किधर भी मिल सकता है।
उसकी आड़ में भावनाओं का कोई काम नहीं है।
भावनाओं को समझना,
हर एक के बस की बात भी नहीं हैं,
उसके लिए उसके मन में,
ऐसा भाव आना जरूरी है,
तभी वो अपने को,
उस स्थान पर रखकर सोचेगा।

68. मिथ्या

क्यों, कब, कैसे ये सब मिथ्या है,
इसके बारे में सोचना समय नष्ट करना है।
हकीकत सिर्फ अभी और अब है,
अभी जो सबको दिखता है,
और अब जिसे आप महसूस करते हैं।
चाहकर भी आप इनसे अलग नहीं हो सकते,
लेकिन हकीकत से रुबरु होना जरूरी है,
तभी आप हर पल,
हर लम्हा सँजोते हैं,
और उन्हें एक याद बनाकर,
अपने दिमाग में बसा लेते हैं,
हमेशा के लिए।

69. हालात

हम हर रोज कहते हैं,
अपने आप से मन में,
आज से हम ये नहीं करेंगे,
जो भी मुझमें
बुरी आदतें हैं,
उसे दूर करने की कोशिश करेंगे।
मगर हालात फिर वहीं सब करने को,
मजबूर कर देते हैं,
इसीलिये कभी अपने अंतर्मन को, चुनौती मत देना,
शर्मिन्दगी खुद ही को होगी,
और अपने आप से,
आप सामना नहीं कर पायेंगे।

70. समझौता

कभी–कभी उम्र लग जाती है,
किसी को समझने में,
किसी भी रिश्ते में,
जहाँ समझौते के अलावा,
कोई दूसरा रास्ता नहीं निकलता,
और दिमाग सुन्न हो जाता है,
तब इंसान खुद को ईश्वर के हवाले कर देता है।
मौन रहने की कोशिश करता है,
मगर असफल रहता है,
ये तो मेरा जज़्बा है और आपका?

71. कारण

जिंदगी का मतलब आज तक कोई नहीं जान सका है,
जो कहता है, मैं जानता हूँ,
वो झूठ बोलता है।
ठीक उसी तरह,
ईश्वर की लीला भी कोई नहीं जान सका है।
जिसको जिस वक्त, जिस चीज़ की चाह होती है,
वहीं मायूसी, लाचारी और चुप्पी होती है,
शायद मन को मारकर जीना ही जिंदगी होती है।
इसका अंत नहीं है
कहाँ तक कारण खोजेंगे।

72. विश्वास

जिंदगी माँगने का मौका बहुत कम देती है,
अगर मौका देती है,
तो ईश्वर से माँगने में,
जितनी श्रद्धा और सच्चायी होगी,
आपको वो चीज़ जिसकी आपको चाह है,
मिलेगी भी जरूर।
ये मेरा विश्वास है,
मेरी श्रद्धा और विश्वास जारी है,
और चाह को पाना बरकरार है,
बाकी सब खुदा के हाथ है।

73. प्यार

विचारों में अगर ताल–मेल रत्ती भर भी होती है
तो रिश्तों में बेरुखी कभी नहीं पनपती।
दिल से दिल तक में अगर,
वफा का वास होता,
तो बेवफाई प्यार के दर्मिंया आती ही नहीं।
लेकिन बेवफाई के बगैर प्यार की पहचान भी अधूरी है,
इसीलिये प्यार का बिछुड़ना जरूरी है,
नहीं तो प्यार की अहमियत,
उसका महत्ता, उसकी पहचान, और उसकी सच्चायी,
लुप्त–सी हो जायेगी।

74. असली रूप

स्त्री का सिर्फ एक शब्द,
बवंडर मचा सकता है।
सब कुछ तहस नहस कर सकता है।
दिन की रोशनी में दिखने वाला पुरुष,
जिसे दुनिया एक सही इंसान समझकर,
उसकी इज्ज़त करती है,
वो उसके असली रूप से,
बिल्कुल अंजान होती है।
अगर इन्हीं में से एक,
उसके कुकर्मों का बखान कर दें,
तो ना जाने कितने घर नष्ट हो जायेंगे।
फिर भी जय–जयकार,
ना जाने क्यों उसी की होती है,
ये तथ्य मुझे आज तक समझ नहीं आया।

75. रोशनी की आस

प्रकाश से सवेरा निखरता है।
निखरकर वो नयी उमंग भी भरता है,
फिर क्यों बुझा दिया जाता है।
क्योंकि प्रकाश में ऐसे दिल को,
रोशनी की आस होती है,
जो हमारे बहुत करीब आ सके,
और स्वयं को प्यार के सक्षम बना सके।
कुछ मजबूरियों को दूर करने के लिये,
हिम्मत की जरूरत होती है।
लेकिन यहां तो अक्सर नाकामी ही मिलती है।

76. वक्त

हो सके तो संभालो अपने आपको,
जिंदगी मिलती नहीं बार–बार किसी को।
रेत कर तरह वक्त है हथेलियों में बंद,
सख्त करो मुट्ठियों को, वक्त सरक ना जायें यूं ही।
काँच की तरह चरित्र नाजुक है।
जमीं से फलक तक कितनी दूरी है,
दूरियों का अंदाजा बेबुनियाद है।
पकड़ो ना जाने दो,
ये दूरियाँ ही मजबूरियाँ हैं।
मजबूरियों को समटेना है बहुत ही मुश्किल।
मुश्किलों में ही निहारना है,
तपती रेत का अंदाजा हो जायेगा।
चरित्र पर जब कोई पत्थर फेंकता है,
वहीं मजबूरी उजागर होती है।

77. आईना

आईना तुम्हारी ही गाथा गायेगा,
गाथा वही तुम्हें सुनायेगा।
जिसकी चाह है तुमको,
वही कहानी तो बार–बार दोहरायेगा।
तस्वीर तुम्हारी ही तुम्हें दिखायेगा,
देखने के लिये करेगा तुम्हारे ही रूप की खोज।
खोज को भी नया परिधान पहनायेगा।
पहले से उज्ज्वल हो जायेगी तुम्हारी काया,
फिर भी तुम्हारा ही साया कहलायेगा।
जब भी उजाले में आओगे,
रात की रोशनी में,
तुम्हारा वजूद लुप्त हो जायेगा।

78. पानी

बारिश के बाद पानी भी गुनगुनाता है,
अपना परिचय देने को खुद आता है।
उसकी साक्षरता जब बहती है टपकती बूंदों संग,
हम सोचते हैं, उस संग,
कुछ पल ही बिता लेते।
असमर्थ थे हम पानी का साथ देने में,
माँग रहे थे उंगली पे रखकर थोड़ी मोहलत।
अजीब इंसान, अजीब नजारे संग,
जब आयेगा संसार में उसकी अदायगी का ये रंग।
कायल होगा हर कोई,
और सोचने पे मजबूर होगा,
हर शख्स यहाँ पर।

79. गुनाह

हर गुनाह की माफी निश्चित है,
सबसे पहले प्रायश्चित है,
फिर गुनाह सुनाने की गुजारिश है।
गर गुनाह में गलती की झलक है,
तो माफी उसका अंत है।
उस ईश्वर से पूछो,
क्या जीवन में इन सबका होना जरूरी है।
क्यों गलती बार–बार होती है इंसान से,
सौ गुनाह भी माफ हो सकता है,
हाथों में जब तकदीर है।

४0. नफरत

नफरत में भी सादगी का समावेश है,
तो नफरत में विद्युत सा आवेश है।
कुछ बिन लब्ज़ों की नफरत है,
कुछ लब्ज़ों से निकली हुई भड़ास का नाम नफरत है।
नफरत ही तो तय करती है,
कौन किसका दोषी है।
नफरत में भी इंसानियत की पहचान होती है,
दोनों तरफ तपती आग है,
जिसको भड़काना महापाप है।
नफरत और विद्वेष में यहीं तो फर्क है।
नफरत बदल जाती है समझौते में,
जीने के लिये नफरत भी जरूरी है।

81. पहचान

फूलों, ना महको हवाओं में ज्यादा,
खुशबू की पहचान हर एक को नहीं होती,
हवाओं संग कहीं धूप में,
धुल ना जाये तुम्हारी महक।
शायद फूलों की कोमलता और मासूमियत,
इसी से कायम होती है।
अक्सर आँसुओं ही को तकलीफ क्यों दी जाती है।
शायद खुदा को इम्तहां लेने की आदत जो हो जाती है।

82. फरियाद

खुदा सुनता तो हर एक की है,
किसी की जल्दी, किसी की देरी से,
उसका दरबार भले ही दूर है,
मगर, वहां सुनवाई होती जरूर है।
क्या मांगने से मिलता है कुछ,
एक बार मैं भी खुदा को परखूंगी जरूर,
और मांगूगी वही, जो नसीब से कोसों दूर है।
शायद सुन ले गलती ही से मेरी फरियाद,
चमत्कार इसी दुनिया में होते हैं,
तभी तो लोग उसे खुदा कहते हैं।

83. संकेत

जज्बातों से खेलना क्या आम बात हैं,
ना जाने क्यों मुझे ऐसा लगता है।
क्या भरोसा रखें हम अपने रब पर।
वक्त का इंतजार जीवन बन गया है।
किस वक्त क्या हो जाये,
इम्तहां सा लगता है।
आने वाले वक्त की क्या पहचान होगी,
ये भी वक्त ही पे छोड़ दिया,
शायद वक्त ने ही ,
ये संकेत हमें दिया है।

84. समझौता

आशा निराशा दो विपरीत दिशायें हैं।
जिस तरह दो इंसानों की विपरीत सोच।
समझौता जीवन की सच्चायी है,
क्योंकि बिन समझौता जीवन बेकार है,
जीवन जीना तो पड़ता है,
क्योंकि जीवन रब की सौगात है।
तोहफा हर एक को रास आये,
ये जरूरी भी नहीं।
वक्त बदलने का,
हर एक को इंतजार है।

85. मुस्कराहट

मुस्कुराना हर विपदा का तोड़ है,
टूटे हुए प्रेम के धागे का,
जैसे मजबूत जोड़ है।
मुस्कुराहट की चादर को साफ रखना,
ये भी एक कला है।
मस्कुराने से अगर गम दब जाता है,
फिर भी नजर आये सभी को
तो इसमें हमारी क्या खता है?
कोशिश करके देख लो,
हर कोशिश सफल हो,
ये जरूरी तो नहीं।
इस तथ्य से कोई अनजान भी नहीं।

86. उदासी

कई बार मन ये सोचता है,
वह क्यों उदास होता है।
उदासी कब दर्द में बदल जाती है,
इसका इल्म नहीं पड़ता,
और वो दर्द कब आँसुओं में बदल जाता है,
पता ही नहीं चलता है,
हैरानी होती है लेकिन ये सच ही तो है,
वो आँसू झूठ नहीं बोलते,
लेकिन जब–जब दिल में टीस उठती है,
तब–तब दिल का दर्द
आँसुओं के साथ निकलता है।
उसका सैलाब, कब तक थमेगा, नहीं पता।

87. सवाल

रिश्तों की गहराई को समझना
बहुत मुश्किल है,
मेरी नजर में तो नामुमकिन है।
अक्सर सवाल रिश्तों पर ही क्यों उठता है,
एक ही सवाल कई तरीकों से,
कई–कई लोगों पर वार करता है।
कई बार तो निर्दोष का भी,
संहार करता है।
किस–किस को सफाई देंगे हम,
इसलिये रिश्तों के आगे,
झुकने में ही समझदारी है।

88. समझदारी

मौसम और जिंदगी में ज्यादा अंतर नहीं है।
साल में चार बार मौसम आते हैं।
जीवन में एक ही दिन में,
मौसम ना जाने कब बिगड़ जाये,
कोई नहीं जानता इसका राज,
इसी तरह दिन का पहर,
कब बदल जाये,
किसी को नहीं पता।
सोचा हुआ ना के बराबर होता है,
सो जिंदगी से कुछ पल,
और कुछ लम्हें चुराकर,
उन्हें अलग रखने में ही,
बहुत बड़ी समझदारी है।

89. समावेश

धीमी–धीमी बरसात का मधुर संगीत,
जब कानों को सुकून देता है,
और उसकी महक दिल को राहत देती है,
तो संतुष्टि की रेखाएँ आपके चेहरे पर,
अपने आप उभर आती हैं,
और सब आसान लगता है,
सब सुलझा–सुलझा सा लगता है,
यह सुकूनदायक वक्त हमेशा रहे,
ये मेरा दिल कहता है।
सिर्फ दिल हर बार गलत नहीं होता,
दिल के फैसले में, दिमाग का समावेश हमेशा रहता है।

९०. इंसानियत

अपनों के रिश्ते,
क्या खून के रिश्ते ही होते हैं,
तो फिर इंसानियत का ढोल
क्यों बजाया जाता है।
जो किसी का दर्द बांट ले,
और क्षण भर को खुशी दे,
वो रिश्ता और इंसान क्या कहलाता है।
मैं नहीं मानती,
ये जिंदगी का सच हो सकता है।
पर मैं नहीं मानती,
शायद मानूगी भी नहीं।
खासकर ये मेरा सच नहीं हो सकता।

91. गम का साया

खुशियाँ महंगी हो गईं या मुझे लगता है,
या इंसान खुशियाँ मनाने के मामले में,
कंजूस होता जा रहा है।
इंसान खुशियों को भी सोच समझकर खर्च करता हैं अब तो।
यही तो एक अमृत हैं,
जो हम सब बाँट भी सकते हैं,
और माँग भी सकते हैं।
मगर ना जाने क्यों, दिल तंगी में जी रहे हैं,
अरे, हँसो खूब, दिल खोलकर
हो सकता है, बेवजह गम का साया हट जाये।

92. सुनहरे पल

अगर हम यादों को बाँटें,
तो जीवन और भी सरल हो जाये,
क्योंकि यादें जब बंट जाती हैं,
तो हर कोई लुत्फ उठाता है,
खट्टे–मीठे पलों को समझने की कोशिश करता है,
दुखती यादें हमेशा,
हलचल और बैचेनी पैदा करती हैं,
सो उसे निकाल फेंकना चाहिए,
सुनहरे पल आपके जीवन को सहारा देते हैं,
मुस्कुरा कर आप और दो दिन ज्यादा जी लेंगे।

93. शुरुआत

चिलचिलाती धूप को,
आग की तपिश से मिलाओ,
जलने का अनुभव होगा
दिल को जलन से कम अनुभव होगा,
उसका दर्द दिल के दर्द से कहीं कम है।
वक्त को अपने नजरिये और रवैये से इतना उलझा दो
आपका जीवन सार्थक हो जायेगा,
यह पूर्णतया आप ही पर निर्भर है।
शुरुआत और अंत आप ही पर है,
बस सोचना है कि शुरू और अंत,
किस तरह किया जाये।

94. वरदान

पक्षियों की चहचहाट को सुनोगे,
तो हवाओं को भी प्रणाम करोगे।
कुदरत ही वो वरदान है,
जो हर एक को मिलता यहाँ है।
पूर्णतया निःशुल्क
जो सकून कुदरत को निहारने पर,
हमें मिलता है,
तो स्थिरता और सहनशीलता,
अपने आप आती है।
और तसल्ली वो मंजिल है,
जिसमें आप तो पूर्ण संतुष्ट होते ही हैं,
साथ में आपके शरीर का हर एक अंग भी।

95. सच्चा साथी

हर एक को तलाश एक अदद साथी की होती है,
अगर सच्चा साथी मिल जाये तो मंजिल आसां हो जाती है,
अपनी मर्जी का साथी मिला,
तो जिंदगी प्यारी सी लगती है।
मन का ना भी मिला,
तो उसको प्यारा बना लो,
मगर ताली एक हाथ से कहाँ बजती है?
यही सच्चायी तो तंग करती है,
मगर रिश्तों पर गलतफहमियों की वर्षा,
होती ही रहती है अनवरत।

९६. न्यौता

ना जाने क्यों आँखों को,
आँसुओं को न्यौता देने की,
बुरी आदत होती है।
शायद आँखें प्यासी रहती हैं,
कई बार अपने आप ही से प्रश्न करती हैं,
क्यूं हम बेकाबू हो रही हैं,
ये पानी क्यों व्यर्थ गंवा रही हैं,
अगर इनका इस्तेमाल सही जगह,
और सही वक्त पर किया जाये,
तो इसका वजूद कहीं ज्यादा बढ़ जाए,
और उस पानी की कीमत का अंदाजा भी लग जाए,
कि वह कितना बहुमूल्य है।

97. हीरा

हीरा चमकता है,
ये राज बड़ा गहरा है।
चमकना हर एक को नहीं आता है,
फिर हीरे को ही क्यों तराशा जाता है।
कठिन प्रयत्नों के बाद,
हीरा चमकने पर मजबूर हो जाता है,
तभी तो उसे हीरे शब्द से नवाजा गया है।
हीरा तो कोयले में मिलता है,
कितनी अंधकारमयी सुरंगों से होकर गुजरता है,
तब जाकर उसका यह रूप से सामने आता है।

98. नारी

नारी गहनों में सुसज्जित होती है,
पहचान फिर भी सीरत की ही होती है।
नारी बोले तो कोयल से तुलना होती है,
कर्कश आवाज भी उसकी,
सीरत ही बयां करती है।
नारी चले तो मोरनी लगे,
चाल में भी सीरत चित्रित होती है,
सुंदरता हमेशा ढकी ही अच्छी लगती है।
पहनावा इसकी गवाही देता है।
हाव–भाव संस्कार बताते हैं।
नारी फिर भी इस धरती की,
धरोहर कहलाती है।

९९. सेवा

इंसानियत को जिंदा रखने के लिये,
इंसानों को सेवा करनी चाहिये।
रूप आप कोई भी अपना सकते हैं,
कई तरीके हैं, कई रास्ते हैं,
लेकिन अंत फिर भी नहीं होता,
यही तो विडम्बना है,
पुण्य कमाने का ये एक रास्ता भी है,
लेकिन उसका सिला,
उसे किस जन्म में मिलेगा,
मिलेगा भी नहीं ये ईश्वर ही जानता है,
कुल मिलाकर कर्म करते रहना चाहिए,
किसी भी रूप में अंतहीन।

100. प्यास

प्यास सिर्फ गले को नहीं दिल, दिमाग जिस्म को भी लगती है,
बस वो बयां नहीं की जाती।
क्योंकि ये महसूस ही की जाती है,
और करवाई जाती है,
एहसास दिलायी जाती है।
मगर ये पहचान जाये कोई,
तो अस्तित्व इंसा का ना होगा कहीं,
क्योंकि इन्हीं को वो छुपाता है,
और हमेशा अधूरा रहता है।

101. विचार

विचार अगर मिल जाये,
तो क्या कहने,
ना मिलने पर हल कई हैं,
इसीलिये खुद को बदलने में ही भलायी है,
अगर सामने वाले की फितरत आपको मालूम है,
कि वो नहीं बदलेगा,
तो सामने वाले से वैसे भी उम्मीद रखना बेबुनियाद है,
और यह समस्या अक्सर हमसफर के साथ ही आती है,
तो क्या फर्क पड़ता है,
अपने को बदलने में।

102. आकांक्षाएं

आकांक्षाओं को फैलने दो,
इसके बलबूते जी लेंगे हम
जिसकी उम्मीद नहीं,
उम्मीद उसी को बनायेंगे हम,
सोच को बिखेर कर देखो,
तो कितनी ऊँचाईयों तक आप उड़ सकते हैं।
यह सफलता तो किसी–किसी को नसीब होती है।
खुली आँखों से,
सपने साकार होने का ख्याल तो अच्छा है,
मगर उसको महसूस और अनुभव करना और भी अच्छा है।

103. सफर

जिंदगी को सफर समझकर बिताना जिंदादिली है,
जिंदगी को जिंदादिली से जीना खुशकिस्मती है।
मत ठुकराओं, समेट लो उन पहलुओं को,
जो तुम्हारे करीब हैं, उनका संग बहुत जरूरी है
संग प्यार हो,
तो सामने मुश्किलें टिक ही नहीं पातीं।
हसीन जिंदगी हो जाती है,
प्यार की पहचान यहीं से होती है।

104. वाणी

वाणी का वार,
तलवार के वार से कहीं तेज होता है और घातक भी,
क्योंकि जो दिमाग और दिल में बस जाता है,
वो जहर अंदर ही अंदर,
सारे शरीर को गला देता है, अंदर का जख्म नासूर बनता है,
और जिसका इलाज कहीं नहीं होता है,
वाणी ही मित्र बनाती है और शत्रु भी।
इसलिए वाणी को संयम में रखना सबके लिए जरूरी है।
मैं कोशिश कर रही हूँ,
आप भी कीजिए।

105. नशा

नशे में हर इंसान होता है,
जी हाँ, अपने दिल से पूछिये,
क्या माँ अपने बच्चों के नशे में नहीं होती?
क्या मनुष्य अपने परिवार के लिये उनकी जरूरतों के लिए नशें में नहीं होता?
कवि अपनी कविता के नशे में होता है,
तो राजनीतिबाज राजनीति के नशे में होता है।
जरूरी नहीं शराब की बोतल में ही नशा होता है,
नशा हर एक में होता है अपने–अपने तरीके से,
और यही नशा अति की हद तक बढ़ जाता है,
तब इंसान की सबसे बड़ी कमजोरी भी साबित होता है।

106. अलौकिक चीजें

अलौकिक चीजों में कुछ खास चीजें भी होती हैं,
उन्हें खास ही रहने दीजिए,
नहीं तो वे अपना स्वरूप खो देंगी,
तोहफा, मोहब्बत, सौगात, मदद,
दया, सहायता, ईमानदारी, बेबसी ये मेरी प्रिय हैं।
आपकी जो भी हो,
संभाल कर रखिये।
जीवन में कई बार इनका प्रयोग होता है,
जिससे आपकी पहचान की शुरुआत का दौर,
आ ही जाता है।

107. परख

यदि किसी के चेहरे से,
मन की भावनाओं की परख हो जाती,
तो आधे जुर्म तो कम हो ही जाते।
लेकिन ऐसा होगा नहीं,
मुझे क्या आपको भी मालूम है
चेहरे और मन में बहुत बड़ा अंतर है।
मन और आत्मा में दूरी नहीं होती।
मन को स्थिर रखो,
क्योंकि दाग आत्मा पे ही लगता है,
और आत्मा में ही रूह का वास होता है।

108. होनी

जिंदगी से सबको शिकायत होती है,
और होनी भी चाहिए,
अगर नहीं होगी तो जीने का मजा और मकसद
दोनों ही खत्म हो जायेंगे।
जैसे–जैसे वक्त बीतता है,
वैसे–वैसे शिकायतें बढ़ती हैं
लेकिन कोई फायदा नहीं,
जो तकदीर में लिखा है,
वो होगा ही होगा।
होनी कभी टलती नहीं,
और जिंदगी यूं ही बीतती चली जाती है,
और अन्त तक पहुँच जाती है।

109. परीक्षा

अच्छे कर्म करने वाला हमेशा दुत्कारा जाता है,
अपनों को तो क्या,
ईश्वर को भी नापसंद होता है।
शायद इसीलिये उसके सब्र का इम्तिहान,
वह बार–बार लेता हैं,
मनुष्य कितनी कसौटियाँ पार करेगा,
डगमगा जाता है, अकेला जो होता है,
ना जाने क्यों ईश्वर को तरस,
बहुत देर के बाद ही आता है,
शायद उसको भी हमारी सच्चायी में दाग नजर आता है
तभी हर बार कठिन से कठिन परीक्षा लेता है।

110. कांटों की चुभन

जीत की खुशी सच के साथ होती है,
जबकि झूठी खुशी कुछ क्षणों की होती हैं।
ये एक असलियत है,
सच ठोकर खाता है,
ईर्ष्या का कारण बनता है,
अकेला होता है,
सिर्फ ईश्वर का साथ चाहता है,
और कहता है, अगर मैं सच्चा हूँ,
तो साथ रहना मेरे।
अपनी मस्ती में वह हर कर्म करता है,
जिम्मेदारी निभाता है,
फिर भी ना जाने क्यों गलत कहलाता है,
मंजिल के आने से पहले,
हमेशा काँटों की चुभन अनुभव करता है।

111. पहचान

दुनिया एक ऐसा मेला है,
जिसमें सिर्फ कशमकश का तकाजा है,
ये मेरा नज़रिया है।
वो ना तो अच्छों को छोड़ता है,
ना ही बुरों को।
फिर भी इसी समाज से रूबरू,
हमें भी होना पड़ता है,
आखिर हम भी इसी दुनिया के अंदर आते हैं,
बदनाम ही कहलाते हैं,
लेकिन हर शक्स की पहचान से वाकिफ,
पूरा समाज होता है,
इसीलिये दिलासा भरपूर होता है।
दुनिया को सोचोगे तो अंतहीन है,
किस–किस की सोचोगे,
तुम अपनी मंजिल को ही सोचो,
और कदम निरंतर आगे बढ़ाते जाओ।

112. वास्तविक अर्थ

सत्संग, कीर्तन, प्रवचन,
क्या इनमें बैठकर इंसान बदलता है,
नहीं बिल्कुल नहीं।
सिवाय वक्त के,
इंसान को कोई नहीं बदल सकता।
कीर्तन में बैठकर,
उसके हाव-भाव जरूर बदलते नजर आयेंगे।
मगर रवैया वही का वही रहेगा,
क्योंकि उस मार्ग पर चलना,
कठिन ही नहीं नामुमकिन भी है।
यहाँ तक कि जो प्रवचन बोलता है,
वो भी शायद उन वाक्यों के,
वास्तविक अर्थ को नहीं समझते होंगे,
उस पर चलना तो बहुत दूर की बात है।

113. सुंदरता

आकर्षक वस्तुएं आर्कषित करती हैं।
सुंदर वस्तुओं में हम सुंदरता खोजते हैं।
अगर वाणी में संयम और शालीनता नहीं है,
तो वो सौन्दर्य किस काम का।
अपनी भावनायें व्यक्त करने का,
हर एक का तरीका होता है।
लेकिन लुभाता हर एक को नहीं है,
और ये जरूरी भी नहीं है।
अपने आप को सुधारने की कोशिश,
हर इंसान करता है।
मगर सफल नहीं हो पाता,
क्योंकि उसकी रचना ईश्वर द्वारा हो चुकी होती है,
माँ के गर्भ में ही।

114. सांसारिक सत्य

हर शक्स अकेला ही होता है,
आप मानें या ना मानें,
हर सुख–दुख आपका अपना होता हैं,
कुछ देर की सहानुभूति आप पा लेंगे,
बाकी क्या, यह तो सांसरिक सत्य है।
खुशी में लोग आपसे जुड़े रहेंगे,
उसमें भी रंग मिलावट का होता है।
बिन दाग के चाँद को भी चाँद नहीं कहा जाता,
इसीलिये हर खुशी में भी,
अड़चनों, कटाक्षों, से,
जब तक वार ना होगा,
वो सम्पूर्ण नहीं हो सकती।

115. हिस्सा

सीमित इच्छाओं को सोचो,
और पूरी होने की प्रतीक्षा भी करो,
पूरी ना भी हुई,
तो अधूरी भी ना रहेगी।
सच्ची श्रद्धा प्रभु को एक बार दिख भर जाये
बस फिर प्रभु अपने भक्त पर न्यौछावर हो जाता है।
लेकिन ना जाने क्यों,
अगले ही पल उसका दिमाग ना जाने क्या सोच लेता है,
और उससे किसी अन्य तरीके से छीननकर
अपने हिस्से में ही कुछ ना कुछ ले ही लेता है।

116. प्रभु से रिश्ता

जब तमन्नायें हम हीं से प्रश्न पूछती हैं,
तो और बेबस हो जाता है मन
और भावनाएं अंदर ही अंदर दम तोड़ती है,
तिलमिलाती भी हैं,
आँसू आते–आते रुक जाते हैं,
और शिथिल पड़ जाता है,
हर एक अंग
लेकिन कोई और चारा भी तो नहीं होता।
यहीं से तो प्रभु से हमारा रिश्ता,
और मजबूत हो जाता है,
और भड़ास निकालने का मौका भी हमें मिल जाता है।

117. अकेलापन

अकेलापन हर किसी के जीवन का अभिन्न अंग है,
चाहे कितना भी मिलनसार व्यक्ति हो,
उसे भी कुछ पल अकेले बिताने की इच्छा जरूर होती है।
अगर वो अपनी भावनायें व्यक्त नहीं करता,
तो शायद वक्त की कमी है,
कुछ लम्हे तो अपने लिए बनाना और बिताना दोनों चाहता है।
शायद अपने करमों का हिसाब-किताब भी तो जरूरी है,
और इसीलिये उसमें भी सुधार लाना चाहता हो।

118. खुशगवार मौसम

सुनहरे मौसम को ध्यान से निहारो,
तो मौसम की नमी का अंदाजा हो जायेगा।
वह खुशगवार मौसम मन में उमंग पैदा करता है।
उस वक्त ना जाने क्या–क्या,
करने का मन होता है।
बस फिर वो नमी,
आँखों की नमी में बदल जाती है,
और एक गहरी सांस लेकर,
कदम लौट जाते है दायरे के अंदर,
और फिर वही कशमकश भरी राहें,
उलझी जिंदगी, उगता सूरज,
बस वही रोजमर्रा का जुनून,
जो शायद जरूरत और जरूरी,
दोनों बन जाता है।

119. सौभाग्य

तितली हर एक पेड़ का जायज़ा लेती है।
हर एक फूल–कली पर उड़–उड़ कर बैठती है,
और लुका–छिपी का खेल खेलती है।
अपनी सुंदरता का रत्ती भर घमण्ड नहीं उसे,
शायद इसीलिये सबको प्यारी भी लगती है।
ना कोई अदा ना अंदाज,
लेकिन तितली बनने का सौभाग्य,
हर एक को कहाँ मिला है,
तितली से पूछो उसे क्या मिला फूलों से,
वो बिन जवाब के ही उड़ जाती है।
दूर जाकर वो फिर से,
अनछुए फूलों पर ही मंडराती है।

120. जीने का अंदाज

स्थिर मन में निश्चय बसा लो,
थोड़ा संयम साथ मिला लो,
जीने का हो सके तो अंदाज बदल लो,
शायद रस बरस जायेगा तुम्हारी जिंदगी में,
मन भी इसी दुनिया से जुड़ा होता है,
इन सबका मिश्रण अगर दिल में हो जाये
तो जीने का मजा थोड़ा अलग हो जायेगा।
स्वाद का समय कभी नष्ट नहीं होता,
आपने किस प्रकार का रस और कितना रस दिल में भरा है,
निर्भर आप ही पर करता है।

121. भिक्षुक

दया दिखाओ मत, दयालु बनो,
हर एक की भावनाओं को समझो,
कुछ न कुछ समर्पित करो।
भिक्षुक तो हर एक शक्स है यहाँ,
कोई भीख किसी से माँगता है
और ना जाने किस–किस रूप में,
लेकिन भिखारी को भीख देना जुर्म है,
मगर सामने भिखारी को देखकर,
रहा भी नहीं जाता,
मेरे लिये तो खासकर नहीं।
मैं कुछ ऐसा नहीं करना चाहती,
कि बाद मे मैं अपने को कोसूं
क्योंकि मेरी सीरत में ये शामिल नहीं,
कि भावनाओं को नजरअंदाज कर दिया जाये।

122. श्रद्धा

ऊँचे बोल बोलो,

अगर वो तुम्हारे दायरे के अंदर है,

या उसे पूरा करने की तुम कोशिश कर रहे हो।

ऊँचे सपने देखो,

क्योंकि उन पर हमारा बस नहीं हैं,

क्योंकि वो हमारी सोच से जुड़े होते हैं,

ऊँची हंसरतें भी पालो,

अगर तुम में पूरा करने की हिम्मत है।

सहारा सिर्फ अपने ईश्वर का मांगो,

जिस पर तुम्हें पूर्ण भरोसा है।

उस ईश्वर के आगे झोली फैलाने से कुछ नहीं बिगड़ेगा

बस श्रद्धा होनी बहुत जरूरी है।

123. तसल्ली

तसल्ली खुद को देना सबसे आसान है,
इस पर ही टिका सारा जहान है।
क्योंकि जब बहस झड़प का रूप लेती है,
एक का मौन हो जाना उत्तम होता है,
और फायदेमंद भी।
सहनशीलता सबसे बड़ा प्रतिबिम्ब है हर क्षेत्र का,
अगर इसे अपने जहन में बसा लेंगे,
तो कुछ भी हासिल करना मुश्किल नहीं,
बशर्तें नसीब और हाथों की रेखाओं में,
उस रेखा का होना जरूरी हो।

124. इंतजार

कहते हैं रब्ब से जो माँगो वो देता है,
फिर वो देर क्यों लगाता है।
शायद उसके पास भी हजारों लाखों की कतार है,
तभी तो बारी आने का इंतजार है,
लेकिन उसकी रजा में ही हाँ है,
वह भी माँगने वाले की सीरत देखता है।
वो चाहे तो कुछ भी कर सकता है,
तभी तो वो रब्ब से नवाजा गया है।
ना जाने कुछ को तरसता देख,
उसको भी क्या मजा आता है,
वह मन ही मन प्रफुल्लित होता है।
ये भी शायद सबको पता है।

125. जिम्मेदारी

अगर आजादी से जीना बुरा है,
तो सिर्फ नारी के लिये क्यों,
मर्दों के लिये क्यों नहीं,
क्योंकि सृष्टि का नियम,
आज के युग में भी प्रचलित है।
आज भी पति को परमेश्वर मानना उसकी मजबूरी है।
जब इच्छायें मार दी जाती हैं,
तो जीना भी एक मजबूरी बन जाती है,
क्योंकि जीना सिर्फ अपने लिये होता,
परिवार उसमें सबसे पहले आता है,
क्योंकि जिम्मेदारी तो सिर्फ,
परिवारों के लिये ही होती है।

126. गुस्सा

गुस्सा कई रूपों का प्रतिबिम्ब है।
कुछ चुप रहकर अपनी भड़ास दिखाते हैं,
तो कुछ गरज कर और कुछ हाथ उठाकर,
क्या ये सही है,
मगर नहीं, तो कोई हल भी नहीं है।
गुस्सा हमेशा नुकसानदायक होता है,
इससे दोनों ही पक्ष को,
दुख और क्षोभ के सिवाय,
कुछ नहीं हासिल होता।
एक पति के गुस्से का रूप,
माँ नहीं देख पाती और ना ही बहन,
इसीलिये तो वो एक आदर्श बेटा और भाई कहलाता है
जबकि उसकी असलियत से,
अनजान कोई भी नहीं होता।

127. एक दिशा

हो सके तो मस्त रहो, लेकिन मस्ती में ना रहो।
मस्ती तबाही करती है,
और उसमें एक ही दिशा दिखती है।
हो सके तो अच्छी दिशा चुनो,
मगर कई दिशाओं से दूर रहो।
कई दिशाओं से दिमाग,
कशमकश में रहता है।
यही कारण है कई दिशाओं को चुनने वाला,
कहीं का नहीं रहता।
सदैव एक दिशा चुनो, उस पर चलो और सम्पूर्ण करो,
जो ध्येय तुमने सोचा है,
वह अवश्य पूरा होगा।

128. तकाजा

जानती हूँ मंजिल मिलना मुश्किल है,
मुश्किल है,
तभी तो जुनून है जिज्ञासा है।
और रब का सहारा है,
वो दे ना दे,
ये भी उसी का फैसला है।
मगर रब के बिना कोई सहारा कहाँ है,
गुहार उसी को देता है,
जहाँ से मिलने का कुछ अंदेशा होता है,
ये ही मेरे दिल का तकाजा है।

129. इंसानियत

खोट तो जीवन का अंग है,
बिन खोट के तो सोना भी नहीं बनता।
ये भी एक सत्य है,
जिसको हमने स्वीकारा है।
हर चीज में मिलावट का है रंग।
इन्सां से लेकर इंसानियत को मरते देखा है।
ईमान को बिकते देखा है,
सम्मान खुद ही बिगाड़ते हैं, लोग अक्सर यहाँ,
ये भी जीने के लिये वाकई जरूरी है,
बड़ा विचित्र रूप है
लेकिन फिर भी लोग जीते हैं,
अपने आपको दांव पे लगाके।

130. भरोसा

अगर खुद पर भरोसा पर करोगे,
तभी सफलता और सम्पूर्णता मिलेगी,
उस तरह की सम्पूर्णता को,
सारा संसार देखता भी है,
और मानता भी है,
ये मेरा यकीन कहता है।
सकारात्मक सोच,
बहुत से नकारात्मक कामों को बनाती भी है,
और संवारती भी है
ये मेरा एतबार है,
जो पूरा होता है,
यकीन कीजिये,
आपका खुद पर भरोसा,
जीवन का दूसरा पहलू है।

131. कशिश

रिमझिम फुहार का सबको इंतजार होता है,
फूलों और पत्तियों को भी होता है।
आम लोगों को इसके बिन तड़पते देखा है।
ना जाने कैसी कशिश है इन बूंदों में,
जो बरसने के लिये हमेशा तत्पर रहती है।
लेकिन उनका समय पर ही आना,
भाता है सभी को सृष्टि के विरुद्ध जाना महापाप है,
इसीलिये हर कोई सृष्टि के नियम में बंधा है,
और उनका पाबंद भी है।

132. अपनी अदा

जब मध्यम—मध्यम बारिश हल्का—हल्का स्वर छेड़ती है,
और आपस में ही खेलती है,
तो सैकड़ों ख्वाबों को साकार होने का संदेश देती है,
और उन्हें साकार करने का संकेत भी देती हैं।
वो भीगा—भीगा मौसम,
जब निहारता है सैकड़ों आँखों का आईना,
तभी तो बूंदों में हरारत होती है।
ये भी बारिश की अपनी अदा होती है,
जो हर एक को लुभा लेती है,
जिस पर न्यौछावर होने का दिल भी करता है।

133. अपराध

प्रकृति का प्रकोप भयानक होता है,
क्योंकि प्रकृति अक्सर वास्तविकता से अनजान होती है।
प्रकृति प्रदत्त रूप सुंदर चित्रकलाओं से सुसज्जित आंगन हैं।
इसीलिये प्रकृति पर वार करना अपराध है,
और घोर अन्याय भी।
ये अपराध और अन्याय,
क्षमा करने योग्य नहीं हैं।
खुदा भी इसके अधीन है।
उसकी सुंदरता में भी दाग है।
ये दुनिया उसी का तो जवाब है।

134. खूबसूरती

खूबसूरती आँखों में होती है,
तभी तो खूबसूरती को और खूबसरत बना देती है।
गर आँखों में ही गंद घुला हो,
तो कोई क्या करे।
इसमें उसकी खूबसूरती की क्या खता है,
अपने–अपने देखने का नज़रिया है,
कभी खूबसूरती भी ईर्ष्या पैदा करती है।
मेरा जमीर तो यही कहता है,
चेहरा इन्सां का व्यक्तित्व दर्शाता है
सीरत सदैव दिल की सच्चाई उजागर करती है।

135. कारवां

जन्म लेने तो दो,
हर एक नयी उमंग को,
तरंगों के साथ उन्हें मिलने तो दो,
फिर देखो, इन्द्रधनुषी समां क्या रंग लायेगा,
सतरंगी कारवां बढ़ता ही चला जायेगा।
जब उसके चाहने वालों का मेला, मेला ही रहेगा।
सिमटकर वो एक दायरा ना बनेगा,
तो उमंगों को अंदर ही अंदर फैलने में और भी मजा आयेगा,
सो खुला छोड़ दो,
अपने जिस्म के हर अंग को, हर नस को।

136. बंधन

हर इंसान अपने आप को सही कहता है,
अच्छी बात है।
मगर दूसरों को गलत कहना,
ये गलत है,
आप सही हैं,
क्योंकि आपको अपने ऊपर भरोसा है।
अपनी इच्छाओं को दूसरो पर थोपना,
उसकी क्रूरता दर्शाता है।
डर के आगे तो हर इन्सां बेबस है,
जीने के लिये बंधन जरूरी तो है,
परंतु यह ध्यान रहे,
वो बंधन कहीं जंजीर न बन जाये।

137. रास्ता

अनजान रास्ते सोचने पर मजबूर करते हैं,
परंतु हर रास्ता किसी न किसी दिशा में जाता जरुर है।
निठल्ले बैठने का क्या मतलब है,
उठो और देखो उन दिशाओं को,
अंत खोजो जहाँ सूरज और चाँद निकलते हैं।
सूरज जब छिपता है तभी चाँद भी निकलता है,
अपने साथ सितारों को भी लाता है।
अजीब ये रेला है, जो जिंदगी से जुड़ा है,
हर रोज का नजारा,
जो शांति का प्रतीक है,
जो संतोष जताता है
जो हर नज़रिये से अपना है।

138. हमारी औकात

आईना देखना किसे बुरा लगता है,
आईना ही हमें हमारी औकात दिखाता है,
आईने के सामने खड़े होने का समय,
यदि हम जोड़ेंगे तो पाएंगे,
जीवन के कई दिन आईने देखने में गुजार दिए।
जिस काया पर हम इतना इतराते हैं,
वो सिर्फ एक मुट्ठी भर राख है,
जिसे दुनिया सिर्फ दो दिन याद रखती है,
समय नहीं है किसी के पास।
आईने को हम अपना परिचय खुद ही देते हैं,
और मन ही मन खुश होते हैं।
सिर्फ मुट्ठी भर खुशियों का फसाना है,
बाकी तो तमाशा है।
ये भी सच का ही तराना है।

139. दो पहलू

रूबरू जब तुम अपने ही जैसे शक्स से,

कभी हो जाओगे अचानक,

तब खुद को हैरत में ही पाओगे,

या तो बहुत अच्छे कहलाओगे,

या बहुत गंदे कहलाओगे,

दो ही पहलू हैं जीवन के,

जो तुम्हें परिचय तुम्हारा–तुम्हारे ही रूप में आकर देंगे,

कभी इतराना मत अपनी किसी खूबी पर,

क्योंकि गरूर जिस तरह चकनाचूर होता है,

काँच भी शर्मिन्दा उसी पल होता है।

140. परख

इस जीवन में हर इंसान को परखा जाता है,
ईश्वर तो परीक्षा लेते ही हैं,
मगर इंसान ही इंसान का दुश्मन हो जाता है,
अपनों द्वारा ही परखा जाता है,
मगर हर कसौटी पर उत्तीर्ण होना,
हर एक के बस की बात नहीं होती।
तोड़ देती है शक्स को,
ये वो कड़ी धूप है,
जिसमें झुलसता हुआ इंसान उस घड़ी,
सहारे का माध्यम ढूंढ रहा होता है,
मगर फिर भी अंततः अकेला ही रहता है।

141. राही

इरादों में नाकामी कभी मिलती नहीं,
गर नीयत में खोट बसती नहीं,
पार कर जाते हैं कई ऐसे तूफां राही यहाँ,
जिनका इल्म पहाड़ों को भी होता नहीं।
हौसले बुलन्दियों पर पहुंचने वाले हैं,
क्योंकि आँखों में जुनून भरी आस है,
नहीं डिगा सकता कोई उन्हें, राही का आगाज़ है,
वो दे ना दे ये उसकी रज़ा है।
लेकिन चाहिये फिर भी खुदा ही का साथ।

142. चरित्र

अकेले में क्या हर इंसान सोचता होगा,
या महज मेरा वहम है,
सोचता तो हर एक होगा,
कोई तो पहर होता होगा,
जिनमें तू तन्हा होगा,
उस तन्हाई को भाँपना तेरे चरित्र का प्रतीक है।
चरित्र एक ऐसी पूंजी है,
जो जितनी फैली, उतनी ही फली–फूली है।
फिर भी तू अकेला है,
यही तेरी बदनसीबी है।

143. भ्रम का तकाजा

किनारे पर जाकर कभी घुमाओ निगाहें,
गहरे समुद्र की ओर,
तुम्हें यकीं नहीं होगा,
हर लहरों में उम्मीद झलकेगी,
जी हाँ, कुछ उम्मीदें अपने दिमाग में,
बंद करके रख सकते हो,
किसी नयी उम्मीद को दिमाग में डालने की,
तलाश करने की होड़ में,
कहीं आप अपनी पुरानी उम्मीदें,
छोड़ तो नहीं आए।
अक्सर ये सभी के साथ होता है,
और निरंतर होता रहेगा,
तभी आपको अपने भ्रम का,
तकाजा भी हो जायेगा।

144. हसरतें

हर कोना कुछ बयां करता है,
दर्द में भी कोना ही साथ देता है।
क्योंकि अकेले में हमें,
सहारे की आवश्यकता पड़ती है।
जिंदगी एक ही बार मिलती है,
हसरतें क्यूं बढ़ती हैं,
शायद तभी पूरी नहीं होती,
खुदा भी इन्सां को तपाता है
जलाता है संवारता है,
फिर भी जग सारा शिकायत ही करता है,
ना जाने क्यों ऐसा होता है,
क्यों किसी को खुश रखना मुश्किल होता है।

145. विश्वास

जमीं पर कंकड़ बिखरे रहते,
कुछ फूल में, कुछ पत्थरों के रूप में,
पैरों तले भी रौंदे जाते हैं,
फिर भी उनका अस्तित्व,
हमेशा कायम रहता है।
पत्थरों को काटकर,
तराश कर ही तो भगवान बनते हैं,
जिनकी हम लोग पूजा करते हैं,
पत्थरों में भी भगवान बसते हैं।
इसमें रत्ती भर झूठ नहीं,
हमारा विश्वास ही हमें भगवान के नजदीक ले जाता है,
ये उजागर है, जो सबको पता है।

146. कुदरत का खेल

रिमझिम बारिश जब बहुत खुश होती है,
तो खुशी भी बहुत होती है।
आवाम ऊपर की ओर देखकर,
खुदा का शुक्रिया करती है,
और रह–रह कर नजरों में सजदा करती है।
कुदरत के खेल में ये खेल भी निराला है,
जब पानी बहता है,
तो प्यासी धरती भी धन्यवाद देती है।

147. सांसों की हिफाजत

सांसों को चुनौती के हवाले ना करो।
ये अनमोल हैं बहुमूल्य हैं,
तोहफे में अगर हमें मिली हैं,
तो इनकी हिफाज़त करना हमारी जिम्मेदारी है।
पाप और पुण्य सब को रब के हवाले कर दो।
नज़रिया सबका अलग–अलग है।
रब चाहे तो किसी को आसमां की शोहरत देता है,
और वही चाँद बन कर चमकता है,
कोई बिन वजह ही मारा जाता है।
हमारी सांसों का हिसाब–किताब खुदा ही रखता है।

148. जहर

अतीत की कहानियों में भी रस होता है,
कुछ खट्टा–मीठा,
और किसी में जहर भी होता है,
जो स्थिर हो जाये,
तो पूरा वातावरण जहरीला हो जाता है।
इंसान जहर नहीं पीना चाहता,
उससे बचना चाहता है।
मगर वक्त कहीं ना कहीं उसे पकड़ ही लेता है।
और अतीत के सामने खड़ा कर ही देता है।
यहाँ अब क्या करे इन्सां?

149. जंग

ये दुनिया विचित्र है,
क्योंकि इसको बनाने वाला भी विचित्र है।
जब ऊपर बैठा सृष्टि का रचयिता
सब कुछ आराम से देखता है,
तो उसे क्या मजा आता है।
यों अलग—अलग अनजान चेहरे,
एक दूसरे के हमसफर बन सकते हैं,
और जिंदगी तक निकाल देते हैं।
दिमाग और दिल की जंग में जीत,
अक्सर दिमाग की होती है,
क्योंकि वो दिखती है दिल एक छुपा रहस्य है,
जो अक्सर बदनाम ही होता है।

150. आस

आस कभी पूरी नहीं होती,
और अगर हो भी जाये,
तो क्या पता रास आयेगी भी या नहीं।
शायद हाँ और ना भी।
आस उम्मीद की धरोहर है,
उम्मीद पर ही कायम है,
और कायम रह कर ही हमें बांधी रहती है,
तभी तो पूरी होती है
और नहीं भी पूरी होती।
आस से आशंका भी होती है, और अहमियत भी,
और क्या कहूँ
ये हमारी ही उपज तो होती है।

1 5 1 . इच्छाएं

अरे थम जाओ,
कुछ पल के लिये इच्छाओं,
तुम क्यों उफान की तरह,
रोज जन्म लेती हो,
तुम्हारा मन निश्चित नहीं है,
सब कुछ है मगर कहता है कुछ और,
करता कुछ और है।
क्या सत्य है, क्या असत्य,
जो चाहिये वो मिल नहीं रहा,
ना जाने क्यों,
ईश्वर हमें परखता है,
हर पल हमारी परीक्षा लेता है
इसीलिये अनजान रास्ते अनजान हमसफर,
और अनजान चेहरे को,
जब हम अपना बना सकते हैं,
तो लोग तन्हा क्यों रह जाते हैं,
समझ नहीं आता,
इसमें खुदा का क्या स्वार्थ है।

152. इंसानियत

रोजमर्रा की जिंदगी में,
कई लोग मिलते हैं,
मगर दिल पर ठप्पा,
हर एक का नहीं बैठता,
चाहे कितना भी प्रयत्न कर लें।
हर कोई दिगाम में भी,
स्थिर नहीं होता,
सिर्फ एक को छोड़कर,
और आगे वही एक,
क्या से क्या बन जाता है,
खुद को भी पता नहीं चलता।
शायद इसी को इंसानियत भी कहते हैं।
और इंसान का इंसान पर ही,
विश्वास मजबूत होता है।

153. सच की जीत

सच का ही गला क्यों घोंटा जाता है,
सच को ही झूठ क्यों कहा जाता है।
सच को ही दुत्कारा क्यों जाता है,
सच को ही परखा क्यों जाता है,
सच को ही नंगा क्यों किया जाता है,
सच को ही बदनाम क्यों किया जाता है
फिर भी सच उजागर होता है,
कसौटियों से जाना जाता है, तपाया जाता है।
क्योंकि ईश्वर की नजर में,
वो हमेशा सच्चा होता है,
और ईश्वर के अलावा,
उसका सच किसी को दिखता कहाँ है,
तभी तो अंत में जीत का सेहरा,
उसी के माथे बाँधा जाता है।

154. सच और भय

सादगी में सच छुपा होता है, जानते हैं क्यों?
क्योंकि वो दो चेहरे,
और जिंदगी लेकर नहीं चल पाता।
यहीं पर आकर तो भय थम जाता है,
उसके कदम जड़ हो जाते हैं,
वह आगे बिल्कुल नहीं बढ़ पाता
और फिर उसकी निशानियाँ भी कहाँ होती है,
सच कैसा भी हो,
सब इससे रूबरू ही होता है।
सच के पैर बड़े मजबूत होते हैं,
तभी तो बिना थके–हारे
वह सामने आ ही जाता है।

155. धोखा

धोखे में भी वफा का वास होता है,
क्योंकि वो प्यार का ही रूप होता है,
समझा उसको गलत ही जाता है,
क्योंकि अपनी ही गलतियों से शर्मिन्दा जो होता है,
तभी तो धोखे को वजह बनाता है,
हर कदम पर रोड़े अटकाता है,
लेकिन झूठ सदा साथ नहीं देता,
और ना ही साथ रहता है,
उसके तो पाँव ही नहीं होते,
गलतफहमियों का सफर वहीं खत्म हो जाता है।
और दो दिलों का मिलन,
फिर से हो जाता है।

156. बदलाव

क्यों तू मेरा—मेरा करता है,
मेरे में क्या रखा है।
सिवाय अहम् के उसमें क्या रखा है।
अहम् का साया भी भयानक होता है,
जो भय पैदा करता है,
और अपने आप को
भी बदलने के लिये,
हमेशा प्रेरित करता है।
मगर बदलाव सृष्टि का चलन है,
और प्रकृति का नियम भी।
सो वक्त के अनुसार बदलने में ही समझदारी है।

157. एहसास

दूसरों की तकलीफ को महसूस कर पाना
बहुत ही कठिन होता है।
जो भोगता है वही जानता है।
मगर एहसास हर एक को नहीं होता।
सुनकर हर कोई दिलासा तो देता है।
मगर पीठ पीछे वार करता है,
ये हर एक की कहानी है,
जो हर एक को सुनायी नहीं जाती,
फिर भी सुनानी पड़ती है, यही हकीकत है,
जिसको समझना हर एक के बस की बात भी नहीं होती,
क्योंकि ऐसे में दिलों में भावनाओं का वास ही कहाँ होता है।

158. शरीर का ध्यान

इन्सां से कभी अपेक्षा मत करना,
कि आड़े वक्त वह कोई काम आयेगा,
वह तो सिर्फ स्वार्थ का पुतला मात्र है।
कोई काम नहीं आता, सिवाय इस शरीर के,
इसीलिये इसकी हर एक नस को,
सुचारु रूप से चलाना हमारा कर्त्तव्य है।
जब आपके आस–पास कोई नहीं होगा,
और आप शिथिल पड़ जायेंगे,
तो अपने आप से ही प्रश्न करेंगे,
आपका अतीत आपको कचोटेगा,
अतः अपने शरीर को स्वस्थ रखने का
सबसे पहले ध्यान रखिये।

159. शांति

खुद को बदलना आसान है और नहीं भी।
मैंने कोशिश की है, अपने आप को बदलने की,
क्योंकि जो सुकून, शांति और राहत में मिलता है
उसके लिये मैं कोई भी कीमत चुका सकती हूँ।
शांति में ईश्वर का वास होता है।
इसीलिये कुछ क्षण अपने अलावा,
किसी और के संग नहीं बिताना चाहती,
क्योंकि कल्पना से परे एक और जिंदगी भी होती है,
जिसकी हमने कभी कल्पना नहीं की होती,
उसी का एहसास, हम अपने आप से बांटना चाहते हैं।
शांति की उपलब्धि ही सबसे बड़ी उपलब्धि है।

160. आँखें

आँखें मौन रहकर बोलती हैं,
उनमें परख की क्षमता जो होती है।
आँखों को हंसने की भी आदत होती है।
जब वो मुस्कुराहट में बदलती हैं,
सकून से भरा एक रास्ता दिखलाती हैं,
कुछ देर की नींद जरूरी है।
आँखें चीखती भी हैं,
जब कोई आघात पहुँचाता है।
आँखें पत्थर भी हो जाती हैं,
जब कोई तन को आत्मा से अलग करता है।
बहुत बड़ा आर्कषण है,
आईने के सदृश ये ''आँखें''।

161. बंधन

सीमाओं में बंधना,

अच्छा तो नहीं लगता,

लेकिन कुछ बंधन अच्छे लगते हैं।

उन बंधनों को निभाना और भी अच्छा लगता है।

निभाने में सुकून सा महसूस होता है।

महसूस भी एहसास हो तभी होता है।

कोहरे का पानी सूख भी जाये,

तो ओस की छाप निश्चित है।

साथ ही गीली आँखों को सुखाने का काम,

इसी कोहरे का ही है

जो पलकों में ही स्थिर रह जाती है,

गहराई से सोचियेगा।

162. आक्रोश

पहाड़ों में दरारें होती हैं,
दरारों के दो किनारे होते हैं,
जैसे माथे पे शिकन,
पानी में मिलावट होती है।
जैसे जिज्ञासाएँ प्यासी ही रहती हैं,
हवाओं में मिली होती है।
जैसे पत्तों और फूलों को हटाने का सकेंत,
आँधियां अपना आक्रोश दिखा कर करती हैं।
जैसे तूफां के ना थमने का असर,
और विचारों की लड़ाई सदा रहती है।

163. इल्तजा

वक्त को भी आज़मा लेने दो हमें।
आदत है इम्तहां देने की हमें,
इम्तहानों में ना उलझें इतनी शक्ति दो हमें,
ऐ खुदा हमारी तकदीर को तकदीर ही रहने दो,
तस्वीर में ना ही बदलो तो अच्छा है,
बस इतनी ही है इल्तज़ा।
तेरे जहां में कुछ घाटा ना होगा।
जरूरत हमें है आपसे मांगने की
हमारी श्रद्धा की सच्चाई पर रत्ती भर नजर तो डालो,
वफा भी नजर आ ही जायेगी हमारी।

164. समझौता

समझौता होता है,
समझौता हो जाता है,
और पता भी नहीं चलता,
कुछ देकर लेना और लेकर देना,
ये स्वाभाविक समझौता ही तो है,
जो रोजमर्रा की दिनचर्या में दिख जाता है।
कुछ समझौते दिल करता है,
कुछ समझौते जीवन से होते हैं,
जो हमें ना चाहते हुए भी करने पड़ते हैं,
लेकिन भलाई के लिए,
कोई समझौता करना अच्छा लगता है।
जीवन भी एक समझौता ही तो है।

165. संयम

कीमत जुबां की होती है,
जुबां से निकले हर एक लब्ज की होती है।
लब्ज़ों में संयम हर एक से होता नहीं।
यहीं से तो खताओं की शुरुआत भी होती है
और शिकायत कब झड़प में बदल जाती है,
पता भी नहीं चलता,
और दूरियाँ अपने आप दस्तक देती हैं।
फिर भी शुरू और अंत अंतहीन होते है।
यहीं से इंसां की फितरत की पहचान होती है।
जिसको छुपाना भी सबसे बड़ी भूल होती है।

166. दिल और दिमाग

हमेशा अपने दिमाग से आगे चलो,
दिमाग सोचता है तो दिल मानता है,
दिल मानता है तो ये काया हरकत लेती है,
जिसको सामने देखा है, परखा है,
कि हम कितना और किससे ज्यादा तेज हैं।
दिमाग दिल पर हावी है या दिल दिमाग पर,
यह तो हम खुद तय करते हैं,
उसमें भी दिमाग की रजामंदी जरूरी है।
यदि दिल और दिमाग का तालमेल हो जाए,
तो जीवन की हर मुश्किल आसान हो जाए।

167. हमारी जीत

सोच–सोच कर गहराई से,
सोच को अगर साकार करोगे,
तो इंसान नहीं संत कहलाओगे।
आज के युग में कोई,
इंसान होने का ही खिताब दे दे,
वही हमारी जीत है,
जब कभी हम अपने आपको,
सोचने में असमर्थ पाते हैं,
यहीं पर तो जीवन में डगमगाहट होती है,
जब सोच बदलकर,
सच का सामना करती है,
कठिन राहों से काँटे हटाने हैं, ये संकेत देती है।
इंतजार में ही इम्तिहान है,
इम्तिहान में ही संयम का वास है।

168. सैलाब

तूफान भी अगर सिमट जायेगा,
तो साहिल को कौन पूछेगा
सैलाब कैसा भी हो,
मुड़के वापस ही आयेगा।
किस रूप में किस आकार में,
कोई नहीं जानता,
हमें हर पल उससे जूझने को तैयार रहना है।
वह हमारा बाल बाँका नहीं कर सकेगा।
मगर जो प्रकृति को हम देते हैं,
वो तुम्हें लौटाती जरूर है,
ना जाने किस रूप में।
कुदरत को कभी अनदेखा मत करना,
सृष्टि को अपनाइये,
और उसके नियमों का सदैव पालन कीजिए।।

169. सच की जीत

सच का सामना करना होता है,
क्योंकि सच अदृश्य जो होता है,
और सामने भी आता है,
कभी डर लगता है,कभी खुद को समझाना पड़ता है।
हर सच के पीछे जरूरी नहीं गुनाह छुपा होता है,
पर सच का दामन नहीं छोड़ना चाहिए,
सच की जीत हो जाती है, यह सबको मालूम है।
बेबस यहीं पर आकर तो इन्सां होता है,
मगर होनी को कौन टाल सकता है।
उसके रूबरू तो हर एक को होना होता है।
ये भी जीवन का एक परम सत्य है,
जो बड़ा अजीब सा लगता है।

170. प्यार की परिभाषा

प्यार की कई परिभाषाएँ हैं।
नहीं बतायी जा सकतीं,
क्योंकि प्यार बिन वजह होता है,
क्यों होता है, कैसे होता है,
कब होता है, कहाँ होता है,
कोई ठीक से नहीं जानता।
प्यार एक नाम नहीं एहसास है,
अनुभव है बिन स्वार्थ का।
ये भावनाओं को शीतलता प्रदान करता है,
जो हर एक को समझ में नहीं आता।
प्यार, मोहब्बत, तड़प, बेकरारी और बैचेनी,
इसी के साकार रूप हैं,
प्यार से बड़ी ना तो कोई सच्चाई है,
और ना ही कोई सौगात।

171. अच्छाइयां

जब इंसान अपने आप से घृणा करता है,
तो सारा जग उसे प्यारा लगता है।
सच मानिए, आप तभी दूसरों में अच्छाइयाँ ढूँढ़ते हैं,
क्योंकि वो अपने आप से ऊबने लगता है,
और ऊबते–ऊबते वो दूसरों की अच्छाइयों को,
अपने अंदर समाने की कोशिश करता है,
क्योंकि वो अपने आप में भी बदलाव लाना चाहता है,
मगर उसका असर सामने वालों के लिये हितकारी हो तो।

172. लब्जों का जाल

बिखरी बातों में लब्जों का जाल है।
ये भी एक मायाजाल है।
किसी को रिझाने का,
किसी को मनाने का,
किसी को फँसाने का।
हमें इस जाल से बचना चाहिए,
यह जाल हमारे सुख–चैन भी छीन सकता है।
शब्दों की भीड़,
जब जीभ पर चलने लगती है,
तो दिल, आत्मा, जिगर, सीना, मजबूत होने लगता है।
इस मजबूती का उपयोग हम स्वार्थ साधने में न करें।
अचानक मगर शब्द बीच में अटक जाता है,
तो एहसास होता है कि आज,
दुर्घटना होते–होते जीभ कटने से बच गयी।